土竜（もぐら）

高知東生

Takachi Noboru

光文社

土竜（もぐら）

土竜（もぐら）

目次

装幀　泉沢光雄
写真　Getty Images
扉絵　浅見ハナ

アロエの葉

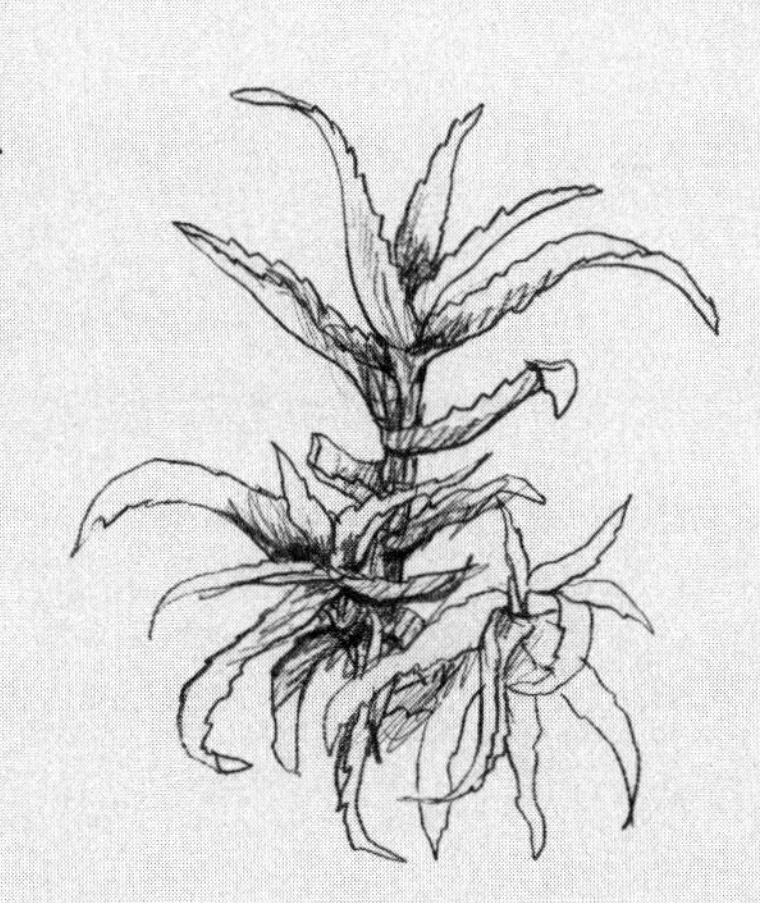

その電話は突然かかってきた。

人間には第六感というものがあるらしいが、その電話が鳴った瞬間、あてはあの男からの電話だと直感した。人目を忍び、声を最小限に抑えた男の声を聞くと、家にはあての他には誰もいないにもかかわらず、こちらもつられて声をひそめ、落ち合う日時と連れ込み宿の場所を急いで伝えた。お互いが万事心得ているとばかりに、電話は最短のやり取りで切れた。

男と落ち合う日は、慎重の上にも慎重を重ね、あては何度もあたりを見回しながら、誰も周囲にいないことを見定めて連れ込み宿に入った。後から偽名でやってくる男がすんなりと部屋に来られるよう、魔法瓶と急須と湯飲みを盆に載せて運んできた、いかにも訳あり風で愛想のない女中に心づけをはずんだ。

約束の時間きっかりに、男は音もなくドアを開け、すうっと部屋に入ってきた。

世間から顔を隠すためか、いつもの背広姿や着流しではなく、商人風の着古した綿のズボンと薄汚れたジャンパーにハンチング帽姿で現れた。それでも六尺はあるすらっとした体軀（たいく）と、鋭い眼光から漏（も）れ出る男の色気は隠しようがなかった。

「お久しぶりでございます」

あてが深々と頭を下げると、

「お目にかかりたかった」

男は、ため息とも気が急いているともとれる、かすれ声を出した。

「お義母さん、恥ずかしゅうないかえ」

「あんなところで何しよったがよ。その男はお義母さんとどういう関係なが？」

膝が今にもぶつかりそうなくらい詰め寄りまくし立てる、嫁の春子の怒りとも軽蔑ともとれる目を見ながら、あてはどこか他人事のように聞き流していた。

昼間に若い男と連れ込み宿から出てきたところを近所の人に見られてしまったあてを、春子の夫である長男の正男と、長女とその婿も集まり、お家の一大事とばかりに睨みつけていた。

だんまりにも疲れ果てたあては、

「ぐじゃぐじゃうるさいねぇ。あの人は大切な人やき。後家になったあてが、男衆の一人ぐらいおってもえいろがえ。おまんらにとやかく言われる筋合いはないいき」

そう啖呵を切って、息子夫婦が住む母屋から離れの自室へと戻った。

あての突然の剣幕に、子供らは仰天していたが、たまには構わない。日頃、年寄りを馬鹿にしたような、厄介者扱いしながら小遣いをせびる時だけすり寄ってくる子供らに、今更好かれようとも思わない。それにあの千載一遇の機会にはああするしかなかった。近所では噂になったが、あてに少しも後悔はなかった。

僕のせいで大好きなばあちゃんが、みんなに責められゆうと思っている孫の竜二だけが、隠居部屋の片隅でシクシク泣いていた。

「竜二、泣かんでえいよ。ばあちゃんはなんちゃあ悪いことしちゃあせんき。大丈夫やきね。かえって竜二のお陰で胸のつかえがおりたき。心配ないきね」

竜二は、しょげかえりつつ、子供心にも怒りと不信感を抱いたとみえ、

「ばあちゃん、何しよったが？　あの男の人誰？」とあてにしがみつきながら聞いてきた。

「竜二、あの人はね……良い人やき」

あては男との邂逅を思い出し、自然と笑みがこぼれるのを抑えきれなかった。


終戦後、あては戦争未亡人となり、がむしゃらに働いて、八歳の長男を頭に、五歳の長女、三歳の次男、〇歳の次女と四人の子供を育てた。

高知はご城下の追手筋に毎日のように市が立つ。江戸時代から続く市は、戦後になると粗末な板に多種多様な売り物を載せた店が数百軒、およそ一キロメートル以上にも亘って並んだ。市は庶民の生活を支え、歩くことがやっとなほど、人が押し合いへし合いし賑わった。喧嘩っ早くて威勢の良い土佐の男たちは声を張り上げ売り物をさばいた。あてのように後家になった土佐のはちきんも負けじと「買うてかんかえ」と商売に精を出した。赤ん坊をねんねこ半纏にくるんで背負った母親や、買い出しの若い衆が足を止め品定めをしていった。

軒を連ねる市の端では闘鶏や、縁台将棋がずらりと盤を並べ、勝負事に熱くなる土佐の男たちの溜

まり場にもなっていた。

あては戦前に夫と魚屋をやっていた伝手で、港からいくばくかの魚を仕入れ、朝の五時から七時までの二時間は朝市に立った。市から家にとって返すと、子供たちの朝飯を作り、学校に行く子は送り出し、昼間は洋服の仕立て直し、夕暮れ時からはあん摩として働いた。

目の回るような忙しさの中、子供たちには「他人様に迷惑をかけたらいかんよ。嘘つきは泥棒の始まりやきね、正直に生きないかん。困っちゅう人には優しゅうせにゃ罰があたるきね」そう言い聞かせて育てたが、四人の子供たちは、他人様に迷惑をかけ、嘘ばっかりついてうまく立ち回ろうとし、弱い者をいじめる意地の悪い大人になった。

「どこでどう子育てを間違うてしもうたがやろう」

あては自問自答を繰り返したが、ついに答えは見つからなかった。

長男は、地元の高校を卒業すると、当時流行り始めたスーパーマーケットに就職し、職場恋愛で結婚した。結婚したら別所帯を持って欲しいと願っていたが、吝嗇な長男は家賃を払うのが惜しかったのか、まだ五〇代だったあてを年寄り扱いし、「母さんを看取るのが長男の役目」と言い張り、気づまりな嫁との同居生活をする羽目になった。

長女の恵子は、酒豪で知られる土佐っぽといえども度を越した酒好き、それも酒乱の男とくっついた。「あの男は酔狂するき、やめちょき」親兄弟はじめ友人らにも止められたが、長女は聞く耳を持たず、案の定結婚するとすぐに、旅館の仲居として働いた給料を酒代に巻き上げられるようになった。

時々、夫に殴られては泣きながら実家に帰ってくるが、長男と嫁がいかにも邪魔だとばかりに説教した。

「一度嫁に行ったら何があっても夫に尽くして添い遂げんといかん。それが土佐のおなごやきね」

郷土の誇りである山内一豊の妻を錦の御旗に掲げ、体よく長女を追い返した。

戦後になってそれまでの封建的な家族制度が崩壊し、昭和家族法は女子にも等分の財産分与を認めたにもかかわらず、我が家では長男がのさばり家督を継ぐのが当然といった空気があった。長女も意気地がなく、夫に殴られれば家を飛び出してくるが、結局は毎度毎度元のさやに収まり、金を夫に使い果たされると、あてに小遣いをせびりに来た。

「子供もおらんがやき、別れておまん一人で暮らしたらえいやんか」

同じ小言を吐きながら、どうせあの男の酒代に消えるとわかっている金を渡してしまうのが常だった。

長女はあてからわずかばかりの生活費を恥ずかしそうに受け取ると、

「あの人は、うちがおらんかったらいかんなるきね」

同じ台詞を繰り返し、自分がいるからダメになっているという現実からは目を背けた。長女は激しい感情をぶつけ合う夫との生活に酔っていた。

あては、不甲斐ない長女を見るにつけ、戦時中大空襲が去った翌朝、街の人らが放心状態でいる中、身体にボロを巻き付け、空襲で亡くなった人から上っ張りとモンペを引っぺがしていった少女の浅ましくもたくましい姿を思い出し、「あの娘くらい、恵子も意気地があったら」と一人ため息をついた。

次男の健司は中学卒業後、左官屋の見習いとして働きだしたが、いつの間にか博打にはまった。今では高知の闇博打場で手本引きが開帳されると、客の小間使いをしながらわずかなご祝儀を貰って暮らすカスリコになってしまった。さすがに本人も合わせる顔がないのか、実家には寄りつかず、時々「健坊、見かけたぞ」などと近所の人からもたらされる噂話で生きていることを知る。

左官としてはなかなか良い腕を持っていたようで、「博打をやらんと真面目にやりゃあ、えぇ職人になったけんどにゃあ」と、残念そうな親方からのぼやきを何度も聞かされたが、あては「当たり前やんか。真面目に生きられる才能があったら誰じゃち成功するわえ」とあきらめていた。

次女の妙子(たえこ)は、器量良しで子供の頃から褒(ほ)められたが、気性が荒く自分の気に食わないことがあるとへそを曲げ、何日も口をきかなかった。中学校に入ると地元の不良や、ヤクザ者らとつきあいだし、あてのことなど馬鹿にするようになった。外泊はあたり前で、中学を卒業すると男のところに身を寄せ、酒場で働くようになった。「徳島県で働きゆう」「神戸におるらしい」と風の噂が様々聞こえてきたが、当の本人からは音信不通だった。

ところが妙子は二十歳(はたち)を過ぎた頃、突然赤ん坊を抱いて帰ってきた。

「おまんそれは誰の子ぞね?」

あてが驚いて尋ねると、

「誰の子ぉて、うちの子ぉに決まっちゅうやんか。お母ちゃん悪いけんどしばらくこの子預かっちょってや」

そう言い残し、再び出て行ってしまった。

竜二と名づけられたその男の子を預かることになったあてに、長男夫婦は、「なんで断らんがで」そう激怒したが、置いて行かれた赤ん坊を追い出すわけにもいかず、あては自分の家でありながら、長男夫婦に遠慮しながら肩身の狭い思いをして暮らすことになった。

最初に男から連絡があったのは四年前の五月だった。高知の高級旅館「城東館（じょうとうかん）」からあん摩の出張依頼があり、待っていた客がその男だった。二時間という長時間の予約は有難く、あては浮かれ気分で旅館に向かった。

五月の乾いた風が心地よく、単衣（ひとえ）の着物にしてよかったと思いながら、南国土佐のお陽（ひ）様を浴び、路面電車の走る電車通りの見慣れた景色を楽しみながら歩いていると、花屋には母の日にちなんでカーネーションが盛大に売り出されていた。

昨年、日本に来た時に大騒動になっていた洋楽団「ビートルズ」とやらを真似（まね）たのか、髪をキノコの様にカットした若い男が、薄桃色の花を一束抱え店から出てくるのが見えた。あてはこの安っぽい洋花が好きになれなかったが、今日が母の日だったと思い出すと、誰からも労（いたわ）られない現実をつきつけられ少し寂しくなった。

通りに面した旅館の棟門（むなもん）をくぐると、左右に美しい日本庭園が広がり、玉砂利が敷き詰められた小道を抜け館内に入った。あては身を小さく丸め何度も頭を下げながら顔馴染（なじ）みの受付係に声をかけた。受付係が気さくに挨拶を返してくれたので、いつ来ても気後れする豪華なお帳場からそそくさと離れ、慣れた手順で指名のあった部屋へ向かった。

部屋の檜格子（ひのきこうし）の引き戸を少し開け声をかけた。

「こんにちは。あん摩はこちらですかね」

「どうぞ」

内側から背広を着た若い男がふすまを開けてくれた。頭を下げ草履を脱いで部屋に入ると、背広の男が「失礼します」と大声で挨拶をし、入れ違いに部屋を出て行った。

右手に洗面所、左手に姿見のある小さな廊下を進み、障子が開け放たれた和室を覗き込むと、男は着流し姿で相撲を見ていた。あてを一瞥した鋭い目つきと、旅館の浴衣にもかかわらず、どこかあか抜け、他者を寄せ付けない空気は、明らかに堅気のものではなかった。年の頃は三十五、六歳、精力がみなぎっているように見えた。

相撲は五月場所の初日で、横綱の大鵬も柏戸も危なげなく勝利した。結びの一番が終わると、男はそれまでの寡黙な様子から一変し相好を崩した。

「今場所は大鵬と柏戸どっちが優勝するかのぉ」

「そうやねぇ、柏鵬時代になってお相撲も面白うなりましたきねぇ。そしたらお客さんこちらに横になってくれますかね」

客が機嫌良くなった瞬間を見逃さず、綺麗に敷かれてあった布団に促した。

「お客さん、どこが疲れちょりますかね。特に凝っちゅうところはありますか？」

尋ねると、意外にも「任せます」と礼儀正しい返事が返ってきた。あてがあん摩を始めると、じきに、吐息を漏らした。

「あぁ、ええ気持ちじゃ」

実際男の背中は、神経が張り詰めた仕事のせいかガチガチに凝っていた。

男は、開け放たれた窓側に頭を向けうつぶせになっていた。男の背中を揉みながら時々窓の外に目をやると、こんもりとした丘のような筆山が川面に綺麗に映り、文字通り水面に映る姿と合わせると、筆先の様に見えていた。

しばらくの沈黙の後、寝入ったかと思った男が突然話しかけてきた。

「おまさんは、一人もんかえ」

「後家ですけんど、子供は四人おります」

「ほうかえ。男も女もかえ」

「はい、男、女、男、女と順番に生まれました」

「ほうかえ、そりゃこじゃんと旦那さんの種付けがうまかったがやろう」

豪快な笑い声につられ、あても笑った。

第一印象と違い、男は意外に話し好きだった。懐(ふところ)にするりと入りこむ人懐っこさと、洒落(しゃれ)がきく話し上手で、あてと男はすぐに気さくに打ち解けた。

男は図々しくなく自然に、どんどんと踏み込んだ話をしてきた。

「子供らは、みんな立派に仕事しゆうがかえ」

「いやもう皆、ロクでなしのなんちゃあならんもんに育ってしもうて」

「ほうかえ、なんちゃあならんかえ」

あてのほうでも、見ず知らずのお客の方がかえって気楽だったのか、溜まっていた鬱憤(うっぷん)を話し、胸のつかえがおり気持ちがすぅと楽になっていった。

小一時間もすると、先ほどの背広の男が音もなく入ってきて廊下に正座し尋ねた。

「失礼します。親分そろそろ飯の用意させますか」

「いらん。わしが呼ぶまで勝手に入ってくるな」

これまでの口調とは打って変わり、強い言葉で叱りつけた。背広の男は必死に詫びを入れあたふたと立ち去った。

緊張感が張り詰めて気まずくなった空気を和らげようと、あては何事もなかったかのように、殊更のんびりとした口調で切り出した。

「末っ子の次女は、これがまたロクでなしの男の子を産んでしもうて、父親のようわからん赤ん坊を連れて突然帰ってきましてねぇ」

「ほう、そりゃあ難儀なこっちゃなぁ」

男も殊更感嘆したように笑い、あての気遣いに応じた。

「へぇ。あても目を丸うして驚いたがですけんど、『お母ちゃんこの子しばらく預かっちょって』と言うてまたどっかに出て行ってしもうたんです。あてのとこはさっきお話しした吝嗇の長男がおりますでしょ。これがえろう怒ってしもうて、あてが必死に働いて建てた家ですけんど、もう肩身の狭い思いをしてましてね」

「ほいたら、その子も難儀なこっちゃなぁ」

「へぇ、なんせ長男は世間じゃしっかり者と言われちょりますけんど、あてから見たらなんであんなに意地の悪い息子に育ってしもうたんか？　と思っちょります。自分の子ぉらと差別して、その孫にだけ肉を食べさしてやらんかったり、誕生日祝いもやってやらんかったりで、あても不憫でなりません。そうは言うても一番なんちゃあならんのは、娘と孕ませた男ですき。金も送ってこんもんを可愛がれゆうても、長男にしたらぞうくそが悪い話ですきね」

「ほうかえ。おまさんも板挟みやねぇ」

男は心底同情したかのように相槌を打った。

「それやき、あての部屋にいる時にこっそりときな粉餅を作っちゃったり、時々飴玉を買うてやっちゃったりしてますけんど」

「ばあちゃんがおってくれて、その子も良かったのう」

「ほうですかねぇ。なんちゃあ頼りないばあさんで、あの子がどんな子ぉになるやら。お陰さんで身体だけは丈夫で活発な子ぉでねぇ、病気の心配なんぞはせんで済んでますが、なんせ自分の子ぉを育てるのは全部失敗してますろ。孫をまた育てるゆうても自信がのうて」

「ほうやのぅ」

男は深刻な話にも暢気そうな相槌を打つので話しやすかった。

「そうやゆうても、まだやっと二歳になったとこですき、あの子が大きゅうなるまでは死ねませんきねぇ、まあ隠居する気にもならんと、仕事に精出すことができちょります。あの子のお陰です。何が幸いかわかりませんよねぇ」

いつの間にか自分を励ましていて苦笑した。

夜の帳が下りると、鏡川からの川風が少し冷たくなってきた。浴衣の着流し一枚の男は肌寒さを感じたのか、「すまんが、窓を閉めてくれんかの」と言った。

「ありゃ、気いつかんで、すいません」

あては立ち上がり、昨年天皇陛下の行幸に合わせて建て替え、アルミ製のサッシになった窓を閉めた。

「孫ゆうもんは、可愛いもんかえ？」

うつぶせから横向きになった男の背中側に回り、目の先にある床の間にかけられた「清坐一味友」の掛け軸をなんて読むがやろと考えながら軽口を続けた。

「そりゃ、うんと可愛いですき。両親がおらんき不憫と思えば余計に可愛ゆうなるわねぇ。正直、内孫よりこじゃんと可愛ゆうて、なんとかあの子がひねくれんと育ってくれますように、あてもまだ頑張らんといけませんき」

「それにしても、その子の母親はえらいはちきんやにゃあ」

「まっこと、こんまい時からちぃともゆうたちいかん子でねぇ。あの子はお腹の中におる時にお父ちゃんが兵隊にとられ南方で死んでしまいまして。父親を知らんかったから、父親代わりになる頼もしい男衆でも探しゆうがと違いますかね。なんせあてじゃあ頼りにならんですきね」

「そんなことないろがえ。おまさんしか頼りになる人がおらんき、娘も子ぉを預けに来たがよ」

それまでの軽妙さから打って変わって真剣な口調になり、驚いて一瞬手を止めたが、すぐに何事もなかったかのように取り繕った。

「あては、学ものうて話もようせんき」

男はしばらく沈黙した後、

「いや、妙子はお母さんを尊敬しちゅうで。どうやってもお母ちゃんには勝てん言うちょりますよ」

横になっていた身体をがばっと起こし、布団の上にきちんと正座をして言った。

「お客さんは妙子のことを知っちゅうがですか？」

動転して尋ねると男は急に神妙な口調になって、こう告白した。

「はい、わしがそのロクでなしのなんちゃあならん父親ですき」

部屋には一瞬にして緊張が走り、あては呆然として何かを決意したかのような男を見つめた。遠くの方でかすかにお帳場の古い柱時計が鳴る音がした。


男は高林と名乗り、妙子とのいきさつを語りだした。

「妙子とは、妙子が神戸のクラブで働きゆう時に知りおうたがです」

高林の話によると、妙子は中学を卒業すると、しばらくの間は地元の不良男の元でやっかいになったり、高知のナイトクラブで働いていたらしい。若くて器量の良い妙子は水商売に就くとすぐに人気者になり、関西以西で手広く高級クラブを開いている実業家とも愚連隊とも言える男の目に留まった。引き抜きをかけられると都会に憧れていた妙子はすぐに、

「大阪か神戸で働けるがやったら、うち行きたいき」と話にのった。そして神戸の高級クラブで働くようになったが、ここでも器量良しと物おじしない性格が功を奏し、たちまちナンバーワンに上り詰めた。

当時、神戸の『カノン』と言えば、客席が三百席と度肝を抜く広さを誇るだけでなく、生バンドが演奏するステージとダンスフロアがあり、出演者に国内外のスターが集まることで評判になっていた。カノンは折しも吹いてきたオリンピック景気の突風にのり、大企業の社長から任侠の組長まで金を持て余した連中が集まる関西社交界のまさに頂点に立つ店だった。

そのカノンでわずか十七、八の若さでナンバーワンとなった妙子は、それこそ蝶よ花よと男たち

に可愛がられていた。

「小さな顔に大きな目。華奢な体つきのくせにどんな大物にも物おじせんと、横柄な態度を平気でとる。それがまた関西の社長や親分たちに可愛がられましてな。今人気絶頂になっちゅう『女優の加賀まりこにそっくりじゃ』ちゅうことで、店じゃあ『鞠子』ゆう名にしちょったです」

　高林から妙子の意外な話を聞かされたが、高知の田舎者のあてには、神戸の高級クラブがどんなものなのか想像すらできなかった。

「わしはもうお察しかと思いますが、稼業の者ですき、関西の親分連中に連れられて初めてカノンに足を踏み入れました。親分連中が席に着くと、馴染みの女たちがすぐにその横につきましたが、親分たちが口々に『鞠子はおらんのか』『鞠子を呼べ』と言うので、わしも鞠子とはどんな女じゃろと興味が湧きました」

　他の女たちは、「鞠子」「鞠子」と贔屓する親分連中に拗ねたふりをしながら場を盛り上げていたが、鞠子という女は一向に現れなかった。一時間以上が過ぎ、そろそろ親分連中のしびれが切れる頃、「お待たせ」と言いながら鞠子は、半円形のソファの中央に座る最も位の高い親分の後ろから、「誰ぁれだ」の目隠しをしてきた。

　高林は、思わず立ち上がりソファの後ろに回ってその女に摑みかかろうとしたが、隣にいた親分が高林の腕をむんずと摑んだ。

「やめろや、洒落のわからん男やなぁ。まだまだ遊びを知らん山猿や」

　大声で笑うと、ホステスや他の親分からも爆笑が起きた。

　普段なら親分の背後から誰かが忍び寄れば、それは刺客に狙われる時で、絶対にあってはならぬことだった。高林の行動は若い衆としてあたり前だが、今度ばかりは「山猿」と呼ばれ笑われる羽目になり腹が立った。騒ぎを起こした張本人の鞠子も、いつの間にか大親分の隣にちょこんと座ると他のホステスらと共に爆笑していた。

　鞠子が席につくと場は一気に華やぎ、親分連中は鞠子をからかったり、冗談交じりにくどき始めた。鞠子はいちいちそれを辛辣な言葉で「嫌よ、親分さんはお父さんにしか見えへんわ」などと返すので、小娘と大親分のギャップが面白く、その度に場は笑いに包まれた。高林だけが、先ほどの失態で胸糞悪く一人白けて黙々と飲んでいた。

　夜も更け一同が引き揚げることとなり席を立つと、鞠子はそっと高林に近づき「また来てね、山猿ちゃん」と他の誰にも聞こえぬ声で、少しだけ上目遣いになりいたずらっぽく笑った。高林はそのリスのような小さな愛くるしい顔を向けられても腹が立つばかりで〈誰がこんなけったくそ悪いところに来るか〉と胸の内で悪態をついていた。ましてや、大親分たちが血道をあげて追いかける女となっては、自分など出番があるはずもなく、それっきり『カノン』のことも「鞠子」のことも忘れてしまった。

　高林は高知県の生まれだが田舎を嫌い、中学を卒業するかしないかのうちに不良の先輩を頼って神戸に出た。しばらくは先輩たちの使い走りをしていたが、腕っぷしも強く機転が利くことからどこへ行っても重宝された。親分連中からも可愛がられ、二十五歳の若さで小さいながらも組を持てるまでになった。当時はまだ芸能界と任侠が深い縁で結ばれていたため、表向きは「芸能事務所」の看板を掲げ、関西以西の興行を仕切らせて貰っていた。

高林自身も日本人離れした二重瞼と筋の通った高い鼻を持つ端整な顔立ちで、背は六尺を超えていた。その上テレビ視聴率九二パーセントと言われた矢尾板貞雄とパスカル・ペレスの試合を観て以来、触発されて始めたボクシングで身体を鍛え上げ、自らが芸能人になってもおかしくない風貌をしていた。女にもよく惚れられたが、意外にも女房にしたのは地元高知の不良同士の幼馴染で、地味だが肝の据わったしっかり者の女を選んだ。

稼ぎはすこぶる順調で大看板の親分連中とも如才なくつきあい、「興行界に高林あり」と名を挙げていたが、一方唯一の心配事と言えば、関西任俠の間では分裂や抗争が後を絶たず不穏な空気が流れていたことだった。

カノンの一件では「山猿」と嘲笑された高林だったが、あの時咄嗟に親分を守ろうとした行動に大親分は気をよくしたらしく、高林は昭和のスーパースターとも歌姫とも呼ばれる女性人気歌手の興行を任されることとなった。成功間違いなしと言えば聞こえは良いが、失敗が絶対に許されない大興行に抜擢され、高林はこの仕事に奮い立ち熱中していた。

歌姫の初日を一週間後に控えたその日は、うだるような暑さで、明石海峡からの浜風だけが一瞬の涼を運んでくれていた。天下の歌姫の興行だけに切符はあっという間に売り切れたが、事務所は当日に向けて有名人や客人の送迎やホテルの手配、さらには親分連中の夜の接待や、親分の愛人たちの観光案内の段取りなどでまさに修羅場を迎えていた。

石造りの三階建てのビルディングの二階に構えた事務所は窓を全開にし、五台ある扇風機は火を噴きそうなほどフル稼働していたが、それでも暑さで部屋の中はもやがかかったようだった。事務方が汗だくで殺気立つ中、ひときわ大声で電話に怒鳴りつける一人の若い衆の声が聞こえてきた。

「なんやこのアマ！　山猿やて。なめてんのかコラぁ」

不良独特の少ない語彙を紋切り型の啖呵ですごんでごまかす若い衆に、高林は思わず声をかけた。

「おい、そこの坊主何をわめいてんのや」

「へぇ、訳のわからん女が『山猿ちゃんを出して』と言うてます」

若い衆はいらだって吐き捨てるように言った。

「あぁ、わしじゃわしじゃ。代われ」と受話器をひったくり答えた。

「山猿じゃ」

若い衆は、まさか親分の女に粗相したのではと、目玉をこれ以上ないくらいに見開き、わなわなと震えながら縮みあがった。高林が軽く頭を小突き笑って見せると、若い衆がへなへなとその場に座り込んでしまいそうな安堵の表情を浮かべたことが可笑しかった。

「忙しいんや、早う用件を言うてくれ」

受話器の向こうの妙子にぶっきらぼうに言うと、

「山猿ちゃん、うちも姫のステージ観たいんやけどぉ。大ファンやねん」

「阿呆か。今頃言うてきても切符なんか残っとるわけないやろ。全部売り切れたわ」

「山猿ちゃん、なんとかしてよ。お願いやわ」

「そんなん言うてくる奴らはごまんとおるがな。無理や」

甘えた声を出す妙子にぶっきらぼうに言って、ガチャンと切った。電話は切った矢先からすぐにまたかかってきて、今度は若い衆がおずおずと受話器を差し出した。

「また姐さんからです」

「阿呆。姐さんなんかやないわ」

もう一発頭を小突いた。

「なんや」

高林がいかにも不機嫌そうに電話に出ると、全く引き下がる気配のない妙子は啖呵を切った。

「山猿ちゃん、うちにステージ観せてくれへんかったら、こうやって毎日ひっきりなしに電話かけちゃるきね」

思わず飛び出した妙子の方言に苦笑し、

「なんやおまえ高知のはちきんか？」とからかうと、明らかにしくじったといった様子で、

「そうよ、神戸みたいな気取った街の出ぇやのうても別にえいやんか」

狼狽しながらも妙子はこう開き直った。高林は強がりが愛くるしく思え、

「そりゃあ別にかまんけんど。わしも土佐のいごっそうやきにゃあ」と思わず笑いながら答えた。

「そうながかえ？　そいたらあんたも土佐の男やったら、切符の一枚くらい融通してくれてもえいやんか」

「なんぼゆうたちいかんがじゃ。ないもんはない」

「嘘言いなや。ほんまはなんとかなるろうがえ」

どこまでもしつこい妙子に、忙しかったこともありついに根負けした。

「まっことしょうがないにゃあ。舞台が見えたらどこでもえいかや？　そいたら特別に手伝いのもんの振りして舞台の袖から見しちゃるき。その代わり姫に話しかけたりせんと、地味ななりで来ないか

んぞ。ほいでえいか?」

妙子は受話器越しにも飛び上がったことがわかるような大喜びで、

「えい、えい! それ最高やねぇ! 山猿ちゃん、悪いねぇ。有難う」

そう言うと、現金なもので電話はすぐ切れた。


「この興行をきっかけに妙子とわしは恋仲になったがです」

高林は、呆然とするあてに、二人の出会いを一気に話した。あては、いくら器量良しで不良だったといえど、高知の田舎娘に過ぎない妙子が、都会のそれも神戸というハイカラな街で社長さんや親分さんに可愛がられるような才覚を持っていたことが信じられなかった。

「妙子は、姫の舞台を袖から大人しゅう見ちょりました」

忙しく動き回る高林は、妙子を裏口から舞台の袖にそっと通し、粗末な椅子を出してやった。

「ここで邪魔にならんよう見よれよ。帰りは入ってきたところからこっそり出て行けよ」

妙子は言いつけ通り、白いくるぶしまでの綿ズボンに紺色の袖なしブラウスと、すっ堅気の会社員のような地味ななりで来て、神妙な顔で「有難う」と頭を下げた。

高林はすぐにまた若い衆に指示を出すためあちらこちらを走り回ったが、途中ふと妙子のことを思い出し舞台袖を覗いた。

ほこり臭い舞台袖で、スタッフが忙しく動き回る中、妙子は一人椅子に腰掛け熱心に舞台を見つめていたが、高林を見つけると笑顔を見せて立ち上がった。バンドの音で声がかき消されぬよう、妙子の耳元に顔を近づけて尋ねた。「どうや面白いか？」

妙子は瞳を輝かせて、

「やっぱり姫は最高やね。婚約発表してますます綺麗になったわ。歌が上手いのはあたり前やけど、なんか声が艶っぽくなった気がするわ。ええねぇ。でも椅子が硬うてお尻が痛いわ」

伸びをすると、尻を拳でトントンと叩きながらおどけた。高林は日頃皆にちやほやされている「鞠子」が硬い椅子にポツンと座っていたかと思うと少し気の毒になった。

「もっと早うに言うてくれちょったら、ええ席とっちゃったけんど」

高林が、言い訳の様につぶやくと、妙子は顔を覗き込み心底可笑しそうに笑った。

「山猿ちゃんは、ほんまに鈍いねぇ。うちなんぼでも切符くらい手に入ったがで。社長さんらも親分さんらも『鞠子、一緒に姫のステージ観に行かんか』言うてきたし。うちを誰やと思うちゅうがて？カノンのナンバーワンやきね」

胸を張り高らかに言い放った。

「ほいたらなんで親分らぁと来んかったがなや？」

「鈍ちんやねぇ、ほんま。山猿ちゃんに近づきたかったたからやんか」

なんの躊躇もなく、大きな瞳をますます見開いて言ってのけた。

妙子は面食らい言葉が出ない高林の手をそっと握り、まっすぐに見つめながら囁いた。

「うち、高林さんが好きやき」

舞台が暗転し、スポットライトを浴びた歌姫が新しい衣装で登場すると、拍手と歓声で足元が地響きのように揺れた。

妙子と恋仲になった高林だったが、二人は露骨につきあうような真似はせず、密会を繰り返していた。カノンでナンバーワンの妙子に好い仲の男ができたことを公言することは得策でなかったこともあるが、名だたる親分衆がご執心の妙子を一介の小さな組の頭に過ぎない高林が落としたとなると、親分衆の面目が丸潰れになることを恐れたからであった。

「けんど人の口に戸は立てられないと言います通り、わしらの仲は段々噂になっていきました」

妙子がカノンに行くと「鞠子、おまえ山猿とできてんのか?」と親分衆らに聞かれるようになり、そうなるとこれまでナンバーワンを妙子に独占され、面白くなく思っていた店の女たちもここぞとばかりに噂を広めるようになった。

歌姫の興行からまもなく一年になろうという頃、妙子は妊娠した。

子供ができたことを高林は、須磨の海岸で妙子から聞いた。憧れの外車リンカーンコンチネンタルを手に入れた高林は、梅雨の晴れ間に妙子をドライブに誘った。妙子のリクエストで須磨の海岸まで走り、車を止めると二人は波打ち際まで歩いた。神戸の街中より一段と潮の香りが強くなった。

「うち、子ができてしもうた」

高林の目を見ずに妙子は恐る恐る打ち明けた。高林は動揺を悟られぬよう、精一杯何食わぬ声を出した。

「ほうか。けんど生まれた子を、若い、派手な暮らしをしゅうおんしゃあが育てられんやろ。子ぉが生まれたら、わしの養子にせえや。うちの奴はそんなことでガタガタいう奴やないき。あんじょう育てちゃるき安心せえ。カノンも適当な理由をつけて一年休んでまた復帰したらえいわや」

「そんなん嫌やき。生まれた子はうちの子やき。絶対に誰にも渡しとうないき」

妙子は群青色の海を睨みつけながらきっぱりと言い張った。

「それやったらおまえ、カノンを辞めて自分で育てるゆうがか。そんくらいの金はわしが出しちゃるけんど、おまえそんな地味な暮らしができるがかや。本当にそれでえいがかや?」

「それでえいき。うちは今の暮らしになんちゃあ未練ないき」

「おんしゃあは、派手でちやほやされちゅう生活が好きやとばかり思うちょったけど」

高林は子供に執着を見せる妙子が意外でならなかった。

「高林さん、うちのお母ちゃんはよ、戦争未亡人でよう働く人でね。うちは四人きょうだいで、ご想像通り甘ったれの末っ子やきね」

妙子の癖である少し上目遣いのいたずらっ子の笑いを見せた。

「お母ちゃんは、朝から晩まで働いちょったけど、貧乏やったがよ。けんどあの頃はみんな貧乏やったしね。うちらも自分らが特別惨めやとは思わんかった。それに、お母ちゃんいう人は、全然愚痴らんと、うちらにも『嘘をついたらいかん』とか『他人様に迷惑をかけるな』とか道徳の先生みたいな人やってね」

日頃、気が強く明るく華やかな妙子が、言葉を選びながら問わず語りを始めた。

「一度、『お母ちゃんそんなに働いてばっかりおらんと、ええ人を見つけて再婚したらええやんか』言うたことがあってね。そしたらお母ちゃん『あんたらのために働くことが何の苦労があるがで。それにこんなおばちゃんになって貰うてくれる男衆がおるわけないぞね』って笑うたがよ」

高林はいかにも妙子らしい言い草だと苦笑した。

「高林さん、うちよ、そん時ほんまやったら『お母ちゃん有難う』って思うはずやのに『お母ちゃんみたいな生き方は死んでも嫌や』って思うてしもうた。貧乏で綺麗な洋服の一枚も買えんと、子供らのために我慢して生きるがは、まっぴらごめんやき」

妙子は少しだけ声を震わせた。

「うちね、ほんまはあの時、怖かったがよ。自分がお母ちゃんのような真面目な人間になる自信も、我慢強う弱音も吐かんと生きられる自信もなかったしね。それやきお母ちゃんの生き方を認めとうなかったがやと思うんよね。それからお母ちゃんに反抗ばっかりするようになってよ」

妙子は高林の目を見ながらいつものように茶目っ気たっぷりに「立派な心掛けの親を持つのも辛いもんやね」と首をすくめた。

「お母ちゃんはね、アロエの葉のような人でよぉ。見かけはちっとも綺麗やない。けんど食べても身体にええし、怪我した時は薬にもなる。しかも手をかけんで放っちょいてもすくすく育つ。それに引き換えうちはねぇ、さしずめ牡丹の花やね。みんなが『綺麗や、綺麗や』ゆうて大事にしてくれる。けんど花はいつかは枯れる。その時は見向きもしてくれん。アロエはどんと根を張って重宝される。大事にされんようで、ホンマに大事にされるのはアロエの方やと思う」

高林は、こんなに自信なさげな妙子を初めて見た。

「絶対にお母ちゃんより、うちの方が幸せになっちゃる。絶対にお母ちゃんに『妙子はすごいねぇ。お母ちゃんにはできんわ』って認めさせちゃろうって思うて生きて来たけんどねぇ。なかなかこっちの生き方もしんどいもんやね」

少女のように見える妙子が愛おしかった。

「妙子、わしは牡丹が好きじゃあ。よう手入れして毎年花を咲かしちゃらあよ。お母ちゃんと比べることないき。段々元気がのうなって、ちんまい花しか咲かんようになっても、わしは『ちんまい花になったのう、妙子』ちゅうてからこうちゃるわ」

元気づけてやると、妙子も本来の妙子に戻り「その頃は、山猿も精気がのうなって寝たきりやわ。うちが蚤とりしちゃるきね」

洒落っ気のきいた憎まれ口を叩いた。

高林から妙子の内に秘めた思いを聞かされたあては、反発ばかりしていた妙子が、あてに対してそんな思いを持っていたとは露ほども思っておらず逆に申し訳ない気持ちになった。「真面目に」「正直に」と言い聞かせ、弱音の一つも吐かずに子供を育ててきたことで、大人とはあんなに辛いものなのかとおののかせ、追い詰めてしまったのかとショックを受けた。

あては、高林に一番聞きたかったことを尋ねた。

「そしたらなんで妙子は赤ん坊を連れて帰ってきたんですろうか？　高林さんが心変わりされたんですろうか？」

高林はあての目を強い光でじっと見つめ、こう答えた。

「妙子がわしを助けてくれよったんです」

妙子が妊娠し店を辞めると、高林と恋仲であることが一気に広まった。すると高林を取り巻く空気が微妙に変わり始めた。これまで興行には事欠かなかったが、人気者のスケジュールが確保できなくなったり、会場が押さえられなくなることがしばしば起こった。その上、おためごかしに、「どこどこの親分が鞠子を取られたと激怒している」とか、「本当は鞠子は他の親分の女だった」と、様々な噂話をまことしやかに耳に入れてくる者が後を絶たなかった。

高林は、そんな噂話など気にせずにいようと努めたが、次々に起こる難題にこれはわしらが思うちょるよりも、根深い問題かもしれんと考えるようになった。

そしてついに高林は鉄砲玉の役割を言い渡された。

当時関西では、抗争が激しくなり、あちらこちらで組同士の襲撃事件が起きていた。そのため鉄砲玉と呼ばれる敵対する組への襲撃者の役割を誰かが引き受けなくてはならなかった。

「この世界は、上からの命令は絶対ですき、わしも腹をくくるしかありませんでした」

よく女は嫉妬深いと言われるけれど、男の嫉妬の方がよほど根深く残酷だとあては良く知っていた。

「妙子には『わしがおらんなっても、できる限りのことは組のもんにさせるき、心配せんでえい』言うて聞かせましたが、妙子は自分のせいやと泣いておりました」

高林は辛そうに目を伏せた。

「『あんた、うちのために死んだらいかん。うちのために長い刑務所務めに行ってもいかん』とまるで駄々っ子のようなことを言うちょりましたが、最後はどうにもならんことやき、あんじょう了見してくれたように見えました」

ところが元来気が強く向こう見ずの妙子はここで思ってもみない行動に出た。

「妙子は、わしがかちこみの準備をしているところを警察に『あの男は拳銃五丁持ってます』と駆け込みよったんです。わしはそれであっさりと警察に捕まってしもうて」

高林が警察に逮捕されると、妙子は身重の身体を抱えたまま消えてしまったということだった。おそらく妙子は一人で身を隠しながら子供を産んだものの、赤ん坊を抱えてにっちもさっちもいかなくなり、不本意ながらもあてのところを頼るしかなかったのだろう。牡丹の花は大きな花を支えきれず、食べ物にも薬にもなる逞しいアロエの葉に子供を託したと思えた。

「わしも組に大きなしくじりをしましたが、なんとか三年の刑を終え、親分衆に詫びを入れ自分の組を立て直し、こうしてお義母さんを捜しあてました。お義母さんと話をして『この人が、妙子の母親に間違いない』とわかったがです」

「そうやったがですか。よう訪ねてくれましたね。それで妙子は今どうしておるんですかね」

高林は妙子が今、高知の親分さんにお世話になっていること、姐さん連中の間でも段々頭角を現しつつあることなど近況を伝えてくれた。

「結局、妙子はそうやって男衆のお世話になって生きる子ながやねぇ」

あては情けないような気持ちになって思わずこぼすと、

「妙子は、男に世話になっちゃあせん。あれは男に英気をつけて、やる気にさせる牡丹ですき。あれはあれで一生懸命自分の役割を果たしちゅうがやと思います。お義母さん、妙子の生き方も見守ってやって下さい。わしも息子のためにできる限りのことをさせて貰います」

高林は綺麗な所作で頭を下げた。

高林と出会ってから、毎月あての銀行口座に竜二の養育費が振り込まれるようになった。あても時々竜二の写真と一緒に、苦手な手紙を書いて近況を知らせた。高林との交流は高林の希望もあって、誰にも話さず〈この子を必死に守り抜こう〉と心に決めていた。

一方妙子の方も、突然赤ん坊を連れてきた日から、四年、五年と日が経つにつれ、暮らし向きも自分の役割も確立してきたのであろう、時々、実家を訪ねてくるようになった。

一緒に暮らす長男夫婦とあてには「竜二には、うちのことをおばちゃんと言うちょってよ」と言い含め、竜二に会うととびっきり甘やかし、なんでも買い与えていた。長男夫婦も、妙子から相応の金が渡されるようになると、しぶしぶながらも子供を預かることを了承するようになった。


こうしてあての家が不安定な関係性の中で、安定した暮らしを送れるようになっていた矢先に高林からの二回目の電話がかかってきた。

この頃、高林らの世界の度重なる抗争事件が社会で大問題となっていた。一般市民を巻き込んだ事件が起きると、いよいよ政府も本腰をあげ取り締まりを強化し、全国各地の組を解散へと追い込んでいた。

新聞でもテレビでもこれまでは取り上げられることもなかったような賭博開帳図利罪などで大物の組長連中が次々と逮捕されていく様子を連日報道していた。この騒動の中で高林も指名手配犯となっていることを、あては新聞で見つけて知っていた。


「高林です」

電話がかかってきた日、あてはやっぱりきたかとあらかじめ考えておいた、人目につかず込み入った話ができる連れ込み宿を指定した。

昼でも薄暗くほこり臭い部屋で落ち合うと、これから出頭して刑に服し、組は解散するとのことだった。高林は興行権を巡って新興勢力の組と揉めごとがあり、その時の抗争事件を元に指名手配されたという。

「警察とも色々揉めてしまいまして、結局こうやって皆が解散させられる時代が来るんやったら、さっさと手打ちにしちょったら良かったのですが、まぁ後の祭りです」

今は吹っ切れたらしくさっぱりとした様子で苦笑した。

「ただ以前に下手打ったことや、だいぶ憎まれ役にもなりましたので、今度は少し長く務めんといかんかもしれません」

高林は、その世界にある様々な義理がけや、警察との取引を匂わせた。

「組も解散になりますき、今できる精一杯のことをさせて貰います。わずかばかりで申し訳ないですが、お義母さん、竜二のことを頼みます」

こう言って、深々と頭を下げると、紫色の風呂敷包みを押しつけた。

「もちろん大事に育てますき、安心して下さい。あんたも身体に気をつけて務めて下さいね」

高林はあての言葉に意を決したのか顔をあげると、切羽詰まった様子で懇願してきた。

「わしから言えるような立場じゃないけんど、一つお願いがあります」

「何ですろ?」

「わしは、竜二がいくつの時に娑婆に戻れるかわかりません。あれが中学生か高校生になっちゅうかもしれません。その時、もし極道に入る言うたら、『極道だけはいかん。おまえの父ちゃんの遺言じゃき』と言うて貰えんでしょうか」

あては、はっとしてこれまでの高林の派手に見えても様々にあったであろう心労や、今後も長引くであろう組同士のごたごたを思い、このまま二度と会えなくなるような予感がした。

「竜二は、わしと妙子の血を受け継いじょりますき、中学ぐらいで極道の道に進むと言うかもしれんですき。お義母さんそれだけは何としても止めて欲しいと思うちょります」

「わかりました。心得ておきます」

あても神妙に受け止めた。


話がつくと鏡川沿いの土手道にある連れ込み宿から出るタイミングを窺(うかが)っていた。まず高林を出した後に時間をおいてあても出て行くよう段取りをした。

隅(すみ)に蜘蛛(くも)の巣がはった玄関で、所々ひびの入った曇りガラスの引き戸の隙間からそっと外を眺め、往来が途切れるのを待っていた。

そこに通るはずのない一年生になった竜二が、手足と顔に擦り傷を作り、血を流しながら泥まみれになって、知らない女の人に手を引かれて通り過ぎて行こうとした。

あては驚いて高林の腕を掴むと、周囲の目も構わず飛び出していった。

「竜二どうしたがぞね」

あてが大声で叫ぶと、竜二は驚いて「ばあちゃん！」としがみついてきた。

知らない女の人は、連れ込み宿から飛び出してきたあてらに驚き、胡散臭(うさんくさ)い目で見ながら、事の次第を説明してくれた。

「この子がそこの土手で、小学校の同級生やら上級生らに『親なしっこ』と言われてからかわれちょったがです。最初はただの言い合いやったんですが、そのうちこの子がいきなり飛びかかっていって取っ組み合いの喧嘩になってしもうて。多勢に無勢やのに、この子がどれだけ叩かれても蹴られても何度も向かっていくき、見かねてそこにおった大人らでやっと引き離したがやけんど。この子の怪我があんまりひどいし『うちで消毒しちゃらんと』と思うて連れて来よったがです」

「それはまぁ、お世話をかけてしもうて。えろうすいませんでしたねぇ」

あては知らない女の人に頭を下げた。

その様子を見た竜二は、怒られると思ったのか、急に泣き出し、

「ばあちゃん、ごめんよ」とウールの着物に顔をこすりつけてきた。

あてはしゃがみ込み竜二に顔をよせ、頭を撫でてやった。

「なんちゃあないき。竜二が謝ることないわえ。それより竜二はまっこと運の強い子ぉやねぇ。ようここに来たねぇ。神様に有難うゆわないかんね」

幼い竜二はきょとんとした。

「高林さん、孫の竜二ですき」

高林は相好を崩し、竜二の目の高さまでしゃがみ込むと、

「おう、おまえが竜二か。きかん気の強そうな顔しちょるのぉ」

頭をくしゃくしゃと撫で豪快に笑った。

「泣かんでえいき、竜二。これからも言うことよう聞いて、ばあちゃんを大事にせんといかんぞ」

高林は、愛おしそうにゆっくりと、涙と血が混じった竜二の顔を指でぬぐってやった。

「うちへ帰ったらちゃんと、ばあちゃんにアロエ塗って貰いや」

あては立ち上がり、竜二に見られんよう涙をぬぐった。

鏡川の川面を薄赤く染める夕日を眺め、

「まっこと綺麗やねぇ」

誰にも聞こえぬ独り言をつぶやくと、ぬぐった涙が再び溢(あふ)れでた。

シクラメン

〈こんなとこにおることが、誰かにバレたら笑いものやき〉

俺は、ただでさえ息苦しい蚊取り線香の匂いで、ますます激しくなる心臓の鼓動を感じながらあたりを窺った。


玉水新地——

高知県では知らぬ者のいない色街である。

路面電車の走る国道三三号線を高知県庁から西に向かうと、平行に走る鏡川が突然大きく蛇行し押し潰されそうになる一画がある。鏡川に削られたその狭い土地と国道との間には、もう一本小さな土手道とどぶ川が流れている。土手道からどぶ川には、欄干に雲形の意匠を凝らした石橋がかけられ、その橋を渡った先にある狭い低い土地が玉水新地だ。

ここはかつて、映画や小説で有名になった「陽暉楼」もあった歓楽街で、戦後、売春防止法ができるまではひときわ賑やかな場所だったらしいが、今ではうらぶれ淫靡な匂いだけを残している。

もちろん俺はそんな小説も映画も興味はない。あるのは表向き「旅館」の看板を掲げた木造の長屋街で、法外の安さで抱ける女のことだけだ。

俺は女によくモテた。

初めて女を抱いたのは十三歳。それも喧嘩(けんか)で骨折した時に入院した先の看護婦に童貞を捧(ささ)げた。

「あんた、女の身体(からだ)をさわったことある？」

看護婦は、俺の身体を清拭(せいしき)しながら耳元で囁(ささや)いてきた。

「ない」

俺はまだ女を知らない恥ずかしさもあってぶっきらぼうに答えた。

「消灯になったら、屋上で待ちゆうきね」

ゴクリと、自分が飲み込んだ唾(つば)の音が聞こえた。

一日中、早く消灯時間にならないかと、ソワソワしながら過ごし、いつもの何十倍も遅く感じる時計を睨(にら)みつけ、やっとのことで針が九時を指すと、覚えたばかりの松葉杖(づえ)をぎこちなく使いながら、こっそりと屋上にあがった。いつもは施錠(せじょう)されているはずのドアノブを回すと、ドアはあっけなく開いた。

花柄のワンピースに着替え、長い髪を下ろした女が笑いながら立っていた。約束をしていなければ、昼間の看護婦とわからないほど、まだ若くあどけなかった。

「やっぱり、来たねぇ」

看護婦は、俺をちょっと見下したような、含みを持たせた声で話しかけてきた。

〈やかましゃあ〉

俺は、子供扱いした態度が気に入らず、女の前に立つといきなりキスをした。女は、あっけなく俺にもたれかかり、吐息とともに甘い声を出した。

「おっぱい、さわってみいや」

女の胸を力任せに摑むと、

「痛い。痛いき。もっと優しく」荒い息で囁いた。

女は屋上の金網に手をつき尻を突き出し、

「ここへ入れるがで」と俺の手を摑んで導いた。

無我夢中で女の生温かい空洞に性器を突き立てると、あっという間に果てた。その日から退院まで、看護婦と俺は、やってやってやってやりまくった。


退院して学校に戻ると、俺は女を抱いたことを同級生に自慢した。

「竜二が女とやった」

噂は、あっという間に広まり、同級生や時には上級生からも尊敬のまなざしで見られるようになった。余裕が生まれたせいか、俺は女に異常なほどモテるようになった。

そしてすぐに、簡単に手に入る女たちにうんざりしていった。


男たちが、エロ話をしたり、胸の大きさをからかったりすれば「いやらしい」と顔を赤らめ、軽蔑したように去っていく女たちも、二人っきりになるとあっという間にキスを許し、一度許せば、もっともっととせがむ。甘えてしなだれかかり、上目遣いで瞬きの回数が倍になり、小首をかしげて話しかけ、ドジで可愛い女を演出する。

それでいながら他の女と話をすれば豹変し、嫉妬にたけり狂い、何時間でも俺を罵倒する。相手の女の悪口を言い連ね、拗ねたり、泣いたり、ふくれっ面をする女には、キスをして、抱きしめてやり「おまえだけ」と囁けば再びご機嫌が良くなる。かっこつけて、清純ぶって、そのくせ嫉妬深く、尻が軽い女たちに失望し、ご機嫌取りが面倒くさくて仕方なかったが、かといって女なしではいられなかった。

高校生になると俺は女だけでなく、夜遊びやバイクにも夢中になっていった。夜の街に繰り出せば、喧嘩や揉めごとは日常茶飯事だった。東京では暴走族は下火になり、代わりに奇天烈なファッションで踊りまくる「竹の子族」なるものが大ブームになっていたらしいが、高知のような田舎ではまだ暴走族やヤンキーが全盛で、喧嘩が強いこと、より悪いことに挑める人間が尊敬されていた。俺は幸いにも腕っぷしも強かったことから、不良連中の間でも一目おかれるようになり、比例するように女たちもますます群がってくるようになった。

こうして「竜二」の名は他校にも轟き、見知らぬ制服を着た女たちが校門で待ち伏せをすることも珍しくなかった。同じ高校の不良女たちは、出待ちをする女たちに喧嘩を吹っ掛け、俺の態度がはっきりしないと文句を言った。

他校の女たちは、俺の学校の女たちの悪口を言い、家や夜の遊び場に押しかけてきた。気が強そうで胸がでかくて美人、それが当時の俺の好みだったが、つきあう前はどんなにものわかりの良いことを言い、プライド高く振る舞っていても、つきあいだすとどの女も嫉妬深く束縛する。そうなると最初から「身体のつきあいだけ」と言い聞かせた遊びの女も、結局、情が湧いて苦しみ出す。全身でしなだれかかってくるような女たちを相手にしながら、どこかに男と寝ても毅然と自分を失わない理想の女はいないのか？　とうんざりしながら片っ端から手を出していった。

高校二年の時には、一応、本命と言われる女と珍しく長続きしていたが、半年も過ぎると徐々に「竜二の女」であることをカサにきだし、俺の友達や、暴走族で一緒に暴れまわっているレディースの女たちにも偉そうに振る舞う姿が鼻につくようになっていた。俺が何も言わないのをいいことに、同級生に上からものを言い、そのくせ俺には甲斐甲斐しく世話をしたがり、猫なで声で非力な女を演じる。

〈あぁ、こいつともそろそろ終わりやにゃ〉と、その二面性に失望していた。

女は抱きたい。でも男に抱かれて自分がなくなるような女は嫌じゃ。

俺は、自分のありあまる性を持て余しながらも、手近な女たちを抱く気になれなくなっていた。

長い夏休みになると、毎晩のようにバイクで暴れまくった。暴走族はいくつかあったが俺はどこにも属さず、適当にその日の気分で連中と合流して走りまわっていた。

この日も朝まで走りまわり、夕方ごそごそと起きだすと、いつも通り惰性で煙草の火とテレビをつけた。任俠の男の愛人をやっている母親は家にはめったにおらず、たとえいたとしても俺の煙草に文句を言うような親ではなかった。むしろ俺の煙草をくすねていくので、しょっちゅう喧嘩になった。

寝起きのボーッとした頭でテレビを眺めると、イギリスのチャールズ皇太子とダイアナ妃の結婚式の様子が流れていた。俺は、舌打ちをしてチャンネルをガチャガチャ回したが、三つしかない放送局のどれもが、この若い女と中年男の結婚式を大げさに褒めたたえていた。
俺はいかにもな幸せを見せつけられ〈やかましいわ！〉といきり立ち、〈うだうだ男と女で猿芝居をするぐらいやったら、金で割り切ったほうがよっぽどマシじゃ！〉
怒りをぶつけるように煙草を灰皿に力ずくで押しつけ、「早くて、安い！　その代わりどんな女が出てくるかわからない」と、男たちが自虐ネタにも、時には嘲笑の的にもしている、高知の伏魔殿のような玉水新地へと足を踏み入れる決意をした。

この頃の玉水新地は、もちろん戦前の勢いはなくしていたが、近くにいくつかあった印刷工場の工員たちのお陰でまだまだ賑わっていた。

俺はどぶ川に大量発生する蚊と、まるで死闘を繰り広げんばかりにこれでもかと焚かれた蚊取り線香の煙にむせながら、人目から逃れるように、玉水新地の入り口にある階段状になった橋を渡ると、どの店に入るか考えあぐねた。

新地の中は狭い路地が入り組み、土手道から橋を渡った〝メインストリート〟には、今にも崩れ落ちそうな木造の二軒長屋や、入り口部分だけ下品で派手なタイル装飾が施された「旅館」と書かれた建物がずらりと並んでいた。近づくとどれもがとても旅館の役割など果たせる代物ではないのがわかった。玄関先には、必ず古ぼけたベンチや椅子が置かれ、日が暮れるとそこに客引きのやり手婆さんが座っていた。

旅館の合間には、立ち飲み屋やスナックの看板を掲げた小さな店があり、今や目にすることも珍しくなった汲み取り式トイレの煙突が突き出ていた。

すでにぽつぽつと仕事を終えた工員らしき男たちが夕暮れの新地の街を、今日はどの店の女にするかと値踏みするように歩きまわり、中にはやり手婆さんと値段交渉をする者もいた。

俺が成り行きにまかせようと覚悟を決め歩き出すと、早々にやり手婆さんに腕を摑まれた。

「お兄さん、ちょっと遊んでいかんかえ。三十分、五千円やき」

婆さんの意外にでかい声に慌て、聞き終わらぬうちに金を押しつけ、ふてくされた態度をとりながらわざと音を立てて玄関にあがりこんだ。婆さんはそんな俺の様子に「若いねぇ」と下卑た笑いを見せ、危うく俺はぶん殴りそうになった。

玄関には、座布団が敷かれ、たたきにある小さな机には、婆さんが暇な時に観るのだろうテレビとせんべいと煙草や湯飲みなどが、ごちゃごちゃと置かれていた。

婆さんは玄関の上がり框で仁王立ちになる俺にニヤニヤとした笑いを浮かべて言った。

「階段を上がって二号室やきね。赤いランプがついちゅう部屋は、他のお客さんがお楽しみ中やき間違うても開けたらいかんぞね」

裸電球が灯る階段を、ギシギシ言わせながら上がると、廊下には四つばかりの部屋が並んでいた。

言われた通りドアの上の赤ランプがついていない二号室のドアを開けた。俺が入るとそのランプが灯され、女とやってる最中だと表示されるのかと思うと複雑な気持ちになった。

中に入ると薄暗い四畳半の狭い部屋に布団が敷かれていた。どんな女が来るのかドキドキしながら数分待っていると、意外にも髪の長い若い女が入ってきた。

「いらっしゃいませ。お客さん、今日は三〇分コースでえいかえ？」

控え目ながらも明るく声をかけてきた女の顔を見て思わず俺は叫んだ。

「あっ！　夕子」

当然、店では本名など使っていないであろう夕子は、俺の驚きにも全く動じず、

「竜二、久しぶりやね」

たじろぐ俺に、まるで何でもないことのように、あの頃のまま切れ長の目を細め、唇の端を少しだけあげて微笑んだ。


小学校の同級生たちが、夕子をこう言ってからかうことは日常茶飯事だった。

「お前の母ちゃん、パンパンやろ」

「やあい！　パンパンの娘」

夕子の家は、玉水新地の中にあり、母親は昔、売春婦として働き、今はやり手婆さんとして客引きをしていた。

確かに当時の玉水新地は、子供の目から見ても異界であり異様であったが、とはいえ戦後三〇年近く過ぎて「パンパン」などという差別用語を、田舎の小学生が知るはずもなく、夕子を差別し陰口を叩いていたのは、他ならぬ同級生の親たちであった。

夕子には、小学生らしからぬ色気があった。

おさげやポニーテールがあたり前の小学生にまじり、肩よりほんの少し長く伸ばした漆黒の髪を垂らしたままにし、髪が邪魔になると右側に寄せ、左の掌の中に集めて押さえるのが癖だった。左手に

髪を束ねて持ち、小首をかしげ唇をほんの少しあげて微笑む夕子は、他の同級生とは違う大人びた雰囲気を漂わせていた。決して派手な美人ではないが、小さな卵形の輪郭と、血管が透けて見えそうな白い肌、切れ長の目と小さめの鼻、そして薄い唇はいつもつやつやと潤っていた。

夕子は色気を醸し出しながらも、誰にも媚を売らず、ひとりぼっちでいても毅然としていた。

そんな姿を目にし、田舎の、色気を捨てた母親たちは、ひそひそと陰口を叩いた。

「さすがパンパンの娘やねぇ」

息子たちを色香で惑わす危険人物というレッテルを貼り、大事な息子たちに注意信号を発した。

夕子は「パンパンの娘」とからかわれても、ほんの少し唇をあげて微笑みを浮かべ、どこ吹く風と受け流していた。着ている服はいつも白いブラウスに、グレーか紺の吊りスカート。他の女子が、提灯袖のワンピースや、キャラクターのTシャツなどを着てくるのに比べ、決して流行にのっているわけでも着飾ってくるわけでもなかったが、アイロンが行き届き、清潔感に溢れていた。

小学校の高学年になり色気づいた男子どもが、スカートめくりをしたり、ブラウスから透けるブラジャーをからかったりしだすと、いつも夕子が標的になった。

「おおい、パンパンの娘！　パンツ見せえや！」

すれ違いざまにスカートをめくっても、夕子は他の女子たちのように「きゃあ！」と大声を出したり、泣き出したり、先生に言いつけたりしなかった。いつも唇を少しあげ微笑んでみせた。

そんな夕子を男子は「あいつはちょっと鈍いよにゃあ」とバカにし、女子は「男子にちょっかい出されて喜んじゅうきね」と嫉妬と憎しみの対象にした。

同級生の誰もが、夕子をからかい蔑みながら、同級生の誰もが夕子から目を離せなかった。

一度夕子と席が隣になり、授業中、夕子が落とした消しゴムを何気なく拾って渡してやったことがあった。夕子は、小さな声で「ありがと」と返してきたが、このなんでもないやり取りを、俺の後ろの席にいた親友の高橋が目ざとく見とがめ、「竜二、夕子の消しゴムさわったゾ！　バリア張ろうぜ」と騒ぎ出した。すると夕子に性的な魅力を感じながらも、そんな本心を決して認めようとしない、第二次性徴期にさしかかったガキ共は、嫉妬もあいまって囃し立て始めた。

「竜二、夕子のこと好きながやろ！」

「おまえら二人で相合傘で帰れや」

騒ぎはどんどん大きくなり、教師が注意しても収まらず、俺は思わず怒鳴った。

「ふざけんな！　パンパンの娘を好きになるわけないやろが」

「おい、本気で怒るなや、竜二ぃ」

俺の剣幕に驚いた同級生らは首をすくめ、教室はやっと静かになった。静寂を取り戻した教室で、俺は夕子を傷つけたことが気まずく、こっそりと横目で眺めた。

夕子は何事もなかったかのようにいつもと変わらず、薄い唇に微笑みをたたえたまま、黒板を見つめていた。

夕子を巡っては、クラスの揉めごとが絶えなかった。班決め、委員決め、グループでの自由研究、くじ引きや、出席番号順でどんな時も誰が夕子と一緒になるかで同級生は必要以上に大騒ぎをした。

割り振られるような時はまだマシだが、理屈っぽく、話が長いと生徒にはすこぶる評判の悪い担任の中村（なかむら）は、わざわざ揉めるように、「好きな人同士で班を作れ」と残酷（ざんこく）な命令を下し楽しんでいるかのようだった。男子は皆本心では夕子と同じ班になりたいと思いながら、「夕子とは同じ班になりとうないき」と大声でわめき、女子はこそこそとグループを作って夕子を無視した。

一人、あぶれた夕子がポツンと教室で立っていると、担任の中村は、

「ほら、この班は人数が少ないき、夕子を入れちゃれ」と意地の悪い笑いを浮かべて大声を出すのが常だった。

指名を受けた班の生徒たちは「げっ、夕子と一緒。最悪じゃあ」とわざわざ夕子の目の前で叫び、中にはシクシクと泣き出す女子もいた。他班の女子は「可哀想（かわいそう）」といかにも優しい人ぶって、泣いている女子に声をかけなぐさめた。

夕子は、うっすらと微笑みを浮かべたまま「ごめんね」と毅然と言ってのけ、仲間の輪に入っていった。

俺の家は、玉水新地から国道三三号線に出て西に向かった赤石町（あかいしちょう）にあった。小学校は国道三三号線を東に向かい上町（かみまち）二丁目の交差点を少し北に入ったところにあり、放課後、少年野球の練習を終えると、自転車で家路についた。

国道をまっすぐに走れば自宅につくが、俺は「国道は人が多（おお）て走りにくい」と理由をつけ、上町二丁目の交差点を南に下り、一本裏道を走って帰った。

裏道をまっすぐに走ると、夕子の住む玉水新地の土手道に繋（つな）がった。玉水新地にさしかかると、

時々、夕子が家の前で水をまいたり、掃除をしている姿を見かけた。夕子の母親は派手なワンピースを着て玄関前の椅子に座り、いかにもかったるそうに煙草をふかしていた。

玄関脇には、真っ赤なシクラメンが置かれ、夕子は時々しゃがみ込んで手入れをしていた。

俺は、夕子の家の一〇〇メートルも前から姿を探し、遠くからいつもの吊りスカート姿が見えると、少しスピードを落とした。まっすぐ前を向いて駆け抜けるふりをしながら夕子を横目でとらえ通り過ぎた。夕子は、そんな俺のことを知ってか知らずか、一度も声をかけてくることなく、水まきや掃除を続けていた。


中学生になると、夕子はますます浮いた存在になった。三つの小学校が集まってくる市立中学でも、あっという間に「パンパンの娘」と噂は広まった。思春期特有の残酷さが増すと、いじめの標的になるような生徒は他にも現れたが、他の生徒が暗くうつむき、表情をなくしていくのに比べ、夕子は相変わらず唇を少しだけあげて微笑みを浮かべ、「ごめんね」「ありがと」を繰り返し、かろうじて生徒の輪の中に入っていた。

「夕子はもう、男と寝たことがあるらしい」

「夕子と年の離れたおっさんが、ホテルに入っていくのを見た」

「夕子の彼氏は、ヤクザらしい」

小学校の頃は、母親の素性(すじょう)をからかわれていた夕子だったが、中学になってからは夕子自身が性の対象として見られ、いかにもな噂が広まるようになった。

性に対し興味津々(しんしん)の同級生の間で、俺の初体験が武勇伝になったのに対し、夕子の噂は、まるで自分たちとは住む世界が違う人間かのように忌み嫌われた。

中学二年生になると、夕子は学校を休みがちになった。定期試験にはかろうじて出てくるものの、遅刻や早退も重なり、夕子の存在は目が離せないものから、段々忘れられていくようになった。

俺は、中学生になって通学路が変わり、国道三三号線も玉水新地の土手道も通らず、家から北に進む様になった。それでも日曜日や友達の家に遊びに行く時はわざと遠回りをして夕子の家の前を通ったが、その頃になると夕子だけでなく母親の姿も見えず、玄関のガラスの引き戸はいつもぴっちりとしまったままだった。玄関先に置かれたシクラメンが青々とした葉を茂らせていることが、夕子の存在を示す唯一の証のような気がしていた。

そして、いつしか夕子の噂は殆ど聞かれなくなっていった。


師走の期末試験中、俺は部活もなく、久しぶりに小学校から腐れ縁が続いている親友の高橋と、ぶらぶらと買い食いをしながら帰り道を歩いていた。すると日頃からおしゃべりな高橋が一瞬黙り込み、

「夕子のお袋が病気らしい」

頬にできたニキビをいじりながらポツリとつぶやいた。

「なんでな。なんでお前がそんなこと知っちゅうがな？」

高橋は、おどおどと目をしばたたかせながら、

「お袋が、バッタリ夕子と会うたみたいでよ、そん時夕子に話しかけてたみたいながよ」

「おまえのお袋が、夕子に話しかけたがか？」

再び俺が問い詰めると、高橋はうつむき黙り込んだ。高橋の頬には潰れたニキビの血がうっすらと滲んでいた。

高橋の家は代々教員一家で、お袋も親父も学校の先生をやっている。堅苦しい家の末っ子長男として生まれた高橋は、上二人の姉が品行方正、成績優秀であるのに比べて、成績は中の下、おっちょこちょいでいつも三枚目なおふざけをしてはクラスの皆を笑わせるムードメーカーだった。スポーツや根性論も嫌いで、唯一の趣味は映画を観ることという平凡で繊細な奴だったが、当時決して文化的ではなかった高知で、大抵の洋画の知識を持っていた。俺は高橋が「一緒に行こう」と誘ってくる『アニー・ホール』だの『未知との遭遇』はさっぱり意味がわからず、「クソ面白うない！」と悪態をつき、逆に俺が『仁義なき戦い』ばかり誘うのであきれられていた。

高橋のお袋は、極道もんの愛人の息子である俺に偏見があるのか、はたまた学校で素行の悪い俺の噂を聞きつけてくるのか、おそらくその両方が原因だろうが、俺のことをいつも「息子を悪の道に誘うろくでなし」と言わんばかりに眼鏡の奥から胡散臭い目で見てきた。そんなお堅い高橋のお袋が苦手だったが、高橋とはなぜか馬が合った。二人で会うのは誰もいない気楽な俺の家だったが、ＰＴＡの役員で息子の学校にもちょこちょこやってくる高橋のお袋とはどうしても顔を合わせることになった。高橋のお袋は、これだけ長い間親友でいるにもかかわらず、俺に親しみを込めて話しかけてくることは一度もなかった。

ましてやパンパンの娘である夕子に、高橋のお袋が話しかけたとはにわかに信じられず、俺はもう一度問い詰めた。

「本当やき。夕子のお袋死ぬかもしれん病気らしゅうて、それやき夕子、学校に来んなったがよ。それを俺のお袋が夕子から聞いてきたがよ」

高橋は俺の目を見ず、うつむいたままつぶやいた。

父親もおらず世間に蔑まれるような職業の母を持った夕子が、非常に困難な状況にあることは容易に感じ取れたが、十四歳の俺たちには何をどうすることもできず、自分たちの無力さに腹を立てるばかりだった。高橋と俺はお互いの動揺を悟られないようにすることに精一杯で、北風に背を押されながら無言で歩いた。


それから間もなく夕子のお袋は死んだ。

中学の担任が、わざとらしく沈痛な表情で夕子の母親の訃報を伝え、葬式には同じクラスの人間と同じ小学校だった同級生のみが参加するようにと命じた。

市民用の小さな斎場で執り行われた葬儀は、「親戚一同」以外の花もなく、冠婚葬祭に命をかける田舎でこれほど質素な葬式は見たことがないというほど簡素なものだった。

殆どの同級生が、焼香のやり方をつき添いで来た親に慌てて聞き、皆、さすがに神妙な面持ちで参列した。俺は、久しぶりに見る夕子の後ろ姿を、他の同級生に悟られぬようにしながら目で追っていた。

焼香の順番が来ると、すぐ後ろにいる夕子を思い、手が震え、緊張で唇が乾いた。

見よう見まねでなんとか焼香を済ますと、俺は振り向きざまにそっと夕子の顔を見た。

夕子は目が合うと、いつも通りほんの少し唇をあげた微笑みを浮かべ、凛とした姿勢を崩さずに俺に会釈をした。

俺は心の中で叫びながら、抱きしめたい衝動に駆られた。

〈夕子、おまえこれからどうするがな〉


斎場を出ると、出入り口付近には同級生が三々五々集まっていた。まわりにいる男子の視線を十分に意識しながら、小学校の頃、夕子と同じ班になったといってシクシク泣き出した女子が、あの時と同じようにシクシクと泣いていた。そして「夕子ちゃんと同じ班らぁて可哀想」と声をかけた女子らがそのまわりを囲み、皆うっすらと涙をためながら優しい友人たちを演じていた。

俺は、その女どもを見た瞬間、吐き気がこみ上げ斎場の門前にゲロをぶちまけた。

「竜二、大丈夫かや？」

俺の姿を見つけた高橋が駆け寄ってきた。振り返ると、高橋の母親が遠巻きに眉をひそめながら俺を見ていた。

「おう、大丈夫じゃ」

高橋の顔を見ると、目が真っ赤に腫れていた。


中学三年生になると、同級生は進路や受験の話で持ちきりになった。俺は、そんな同級生を横目で眺めながら、同じように高校などどうでもよいと、将来など全く考えてもいない不良たちと相変わらず遊びまくっていた。

時々、夕子の話題が出ると、

「あいつは高校には行かんらしい」

「もう玉水には住んじゃあせんらしい」

「親戚にひきとられたゆう話やぞ」

みな雲を摑むような、出所のわからない噂話をした。

夕子は卒業式にも現れず、それっきり誰にも消息がわからなくなった。


「夕子、おまえ、まだ高知におったがか？」

「竜二、うちどこに行くとこある？　ずっとおったよ」

あたり前やないかと言わんばかりに、夕子はいたずらっ子のような上目遣いで俺を見て、うっすらと微笑んだ。

「ほうか。夕子、三年ぶりやなぁ。元気そうでよかったわ」

「うん、竜二も相変わらずやね。話しよったら時間なくなるき、早よこっちに来んかえ」

夕子はまるでこれからかくれんぼでもするかのような気軽さで、布団の端をめくった。

枕元には、申し訳程度の小さな床の間があり、そこには不釣り合いなほど葉を茂らしたシクラメンが飾られていた。

「あっ、シクラメン」

思わず俺がつぶやくと、夕子は思わせぶりな微笑みを浮かべて、

「竜二は、いつもうちがシクラメンの手入れをしゆうとこ見よったきね」

俺は、夕子を思わず抱きしめた。

「おまえに会いたかった」思わず本音を漏らすと、

「ありがと。心配かけてごめんね」俺の胸の中で答えた。

俺は、夕子の中であっという間に果て、わずか三〇分の間に三回もいった。


その日から、俺の新地通いが始まった。

ダラダラと女たちと過ごしていた時間をバイトに精を出すようになり、同級生たちから不審がられた。

「竜二、どうしてバイトばっかりしゆうがな？」

「ねぇ、今日、遊ぼうや？」

「うるさい。金がいるがじゃ！」

相変わらず、まとわりつく女たちを一喝し、同級生から遠ざかっていった。

高知一の繁華街、追手筋（おうてすじ）にある喫茶店でアルバイトをしていると、同級生に見つかり、彼らが押しかけてくるようになった。うっとうしくなり、今度は誰にも見つからないよう印刷工場に潜り（もぐり）込んだ。人と話さず、どこの誰とも知らない日雇い労働者と過ごす時間は、俺にとって都合がよく、居心地がよかった。当時は、労働条件についてうるさく言う奴など誰もおらず、十七歳の俺は体力がありあまっていたこともあり、工場長に言われれば夜勤でも何でもやった。そして稼いだ金は全て夕子の元で使った。

初めて出会った夜には、三回も果ててしまったが、あれ以来二度と夕子を抱くことはなかった。

幼い頃から世間の目にさらされ、貶められ、恵まれない家庭環境にあった夕子を「守っちゃりたい」そんな気持ちでいっぱいになっていた。俺自身も決して褒められた職業ではない両親のもとに生まれ、いわれのない憎しみをぶつけられたり、喧嘩を吹っ掛けられることが度々あった。強がり、肩で風切る生き方をしながら、どこかで夕子のことを同志のように思っていた。過酷な肉体労働を強いられている夕子を、せめて俺といる時はホッとさせてやりたい、休ませてやりたい。今まで夕子の苦難を目のあたりにしながら何もしてやれなかった自分の罪滅ぼしをしていた。

バイトで金を稼いでは、ロングと呼ばれる二時間、三時間コースで夕子を指名した。呼び込みの婆さんが相変わらず俺を「好きもの」と見なし、散財する俺にヤニで黄ばんだ歯を見せ、下卑た笑いを浮かべてくるのには腹が立ったが、ぶん殴りそうな衝動を抑えてこの婆さんも手なずけていった。

一度、俺が夜勤明けに訪れると、夕子にロングの客が入っており、俺は逆上し、店の並びにあった立ち飲み屋で飲めない酒を吐くまで飲み、あたり散らし、屈強な男どもに殴られ散々な目にあってしまった。

それ以来、婆さんに千円のチップをはずみ、俺のバイト明けのシフトと夕子の出勤が重なるところは全部事前に押さえて貰うようにした。

夕子と他愛ない話をすることが楽しかった。

俺は、時々寿司やケーキを買っていって、夕子を喜ばせた。

時には、夕子に何も語らず膝枕で寝かせて貰ったり、耳かきをして貰った。ただ、優しく抱きしめて貰うこともあった。

夕子は、どんな時も機嫌良く迎えてくれ、自分の身の上話などは一切せず、俺のくだらない話を楽しそうに聞いてくれた。俺は、夕子の微笑みを見ることが何よりの喜びだった。

ごくたまに小学校や中学校の思い出話になったり、同級生の噂話をすることもあった。学校時代、なんら楽しい思い出などなかったと思える夕子が「運動会のリレー白熱したね」「竜二は、遠足の時『一番に頂上に登っちゃる！』ってはりきりよったね」と昔のできごとを良く覚えていることに驚かされた。

散々意地の悪い仕打ちをされた同級生のことを「ユリちゃんは、えぇお母さんになるやろうね」「高橋君は、やっぱり学校の先生になるやろうね。向いちゅうよね」などと言うのには、〈やっぱり、夕子は鈍いにゃあ〉と秘かに思った。

夕子との蜜月は高校を卒業してからも続き、俺は地元の蒲鉾屋に就職すると、給料は全て夕子につぎ込んだ。金が足りなくなれば、仕事帰りや、休みの日に日雇いの仕事をし、また夕子の元に通った。

「竜二、無理したらいかんで。身体壊したら元も子もないき」

夕子はそんな俺を心配そうに覗き込んだ。

十九歳の夏、夕子は突然消えた。

仕事帰りにいつものように店に行くと、普段は愛想よく俺を迎え入れてくれる婆さんが、ロクに俺の顔を見もせず、

「あの娘は、辞めたきね」

ぶっきらぼうに伝えた。俺は、後頭部を殴られたような衝撃を受けた。

「嘘やろ？　どうして。店替えか⁉」

「知りたいのはこっちの方やき。あれだけ目をかけてやったのに、今日、電話一本で『辞めます』言うてきたがよ。お陰で店は人が足りんし、てんてこ舞いやき。恩知らずな娘ぞね」

人気者の夕子にさんざん稼がせて貰ったくせに、婆さんは手のひらを返したかのように罵った。

「婆さん、俺に伝言ないか？　何か言うちゃせんかったか？」

俺は、思わず婆さんのだらしなくはだけた着物の襟元を摑んで言った。婆さんは、思いの外強い力で俺を振り払い、

「何ちゃあ言いやせんかったでぇ。なんせ新地のおなごやき。あんた惚れてくれちゅうとでも思うちょったが。そりゃおめでたいねぇ。あんたにはわるいけんど、新地のおなごが飛ぶ時は、まあ男にひっかかったか、借金に追われちゅうかのどっちかやき。わるいけんど商売の邪魔じゃき、他の娘を指名するか、さっさと帰るか、はっきりしてや！」普段からは想像がつかない剣幕で怒鳴りつけられた。

俺は、呆然とする思いで、店を後にした。

一晩中、新地の中を捜しまわり、明け方ふらふらになって部屋に戻った。

次の日も次の日も、キャバレー、一杯飲み屋、風俗と、夕子が働きそうな場所を捜しまわったが、足取りは一向に摑めなかった。

〈夕子、もう高知にはおらんがか〉

俺は、どん底に突き落とされていた。

「竜二、夕子が死んだぞ」

正月気分が抜けきらず、仕事をする意味も見出せぬまま、日曜の夜を炬燵でまどろみながら過ごしていた矢先、その電話はかかってきた。地元の大学に進んだ高橋からだった。

俺は何を言われているのか、にわかには理解できなかったが、「夕子」の名前を聞き、飛び起きた。

「なに、夕子が死んだ？　嘘じゃ。どうしておまえがそんなこと知っちゅうがな。夕子、どこにおったがな」

矢継ぎ早に質問する俺に、高橋は、

「お袋から聞いたがよ。夕子乳ガンやったらしゅうてよ」

「なんでな、なんでまたおまえのお袋が出てくるがな。おまえのお袋は夕子とどういう関係ながな。乳ガンって、十九歳でガンで死ぬわけないやろが」

興奮する俺の質問に高橋は答えず沈黙が流れた。やがてすすり泣きが聞こえ、涙声で尋ねてきた。

「竜二、夕子が玉水新地で客とりよったがを知っちょったか」

今度は俺が答えに詰まり沈黙すると、

「本当は俺、誰っちゃあによう言わんかったけど、大学生にもなってまだ童貞やゆうがが恥ずかしゅうて玉水に行ったがよ。そしたら偶然夕子を見つけてしもうてよ」

高橋は俺が話す女との武勇伝は笑いながら聞いていたが、自分から女の話をしたことがなかった。

「一緒にナンパしようぜ」と誘っても「竜二とおったら、こっちに勝ち目ないき」と笑って取り合わなかった。俺は、ロマンチックな映画が好きな高橋のことだから、あほらしい純愛でも夢見ているのだろうと勝手に思っていた。まさか高橋が童貞を気にしていたとは驚いた。夕子は童貞の俺を全然馬鹿にせんと優しゅう俺に初体験をさせてくれたがよ」

「夕子に会いよったことを恥ずかしゅうて誰にもよう言えんかった。

夕子が他の男と寝ていることは当然だと割り切ったつもりでいたが、こうして親友である高橋も夕子と寝ていたのかと思うと、高橋にも夕子にも裏切られたような、情けないような複雑な気持ちになった。

「最初の頃は、もちろん客と店の女として会いよった。けんど、夕子とおると、なんか居心地が良うなってよ。そのうち会えるだけでも嬉しゅうなっていった。段々夕子のことを守っちゃりたい気持ちになって、『俺が夕子の時間、できるだけ買い取っちゃろう、そしたら夕子もその間、楽できるやろ』と思って、店に行っても話したりゴロゴロするだけになっていってよ。夕子が笑ってくれるだけで、俺はなんとも言えん幸せな気持ちになれたがよ」

そう言って再びすすり泣いた。

「俺は、夕子を助けちゅうつもりやった。でもほんまは夕子に助けられちょったがよ」

嗚咽交じりに話す高橋の言葉に呆然としながらも、なんだか夕子という女のことがわかったような、腑に落ちたような気がした。そしてこのまま黙っているのは卑怯だと思い、

「高橋、すまん。俺もじゃ、俺も、おまえにも誰にも言わんかったけんど、夕子んところに通っちょったがよ。俺も同じやき。夕子に、なんちゃあせんと抱きしめられるだけで嬉しゅうなってよ、こうやってなんちゃあせんと一緒におっちゃることが、夕子の助けになるがやと思うちょった。それやき

ちょくちょく夕子のところに通いよったがよ」

「えっ竜二、おまえも通いよったがか」高橋も驚き、絶句した。

「高橋、俺は小学校の頃から夕子に惚れちょったかもしれん」

自分自身がはっきりと気づいた気持ちを素直に伝えた。

「そうか、けんど竜二だけやないき。あの頃の男らは心の中でみんな夕子のこと好きやったんやないが」

「そうかもしれんにゃあ」

「ほんなら明日夕子の通夜やき。一緒に行っちゃらんか」

「おう、行こうや」

「竜二、夕子のお袋さんの葬式覚えちゅうか。淋しい葬式やったよな。夕子の葬式も侘しそうやにゃあ。せめて俺らで見送っちゃろうや」

高橋の誘いにふと不思議になった。

「夕子の葬式は誰が出すがか、おまえ知っちゅうか」

高橋は一瞬気まずそうに声をつまらせ、つぶやくようにボソリと言った。

「お袋が出すがよ」

「なんでおまえのお袋が夕子の葬式をやるがな。おまえのお袋と夕子はなんか関係あるがか?」

俺は驚いて、思わず問い詰めた。

「竜二、あのよぉ、俺も知らんかったがよ。お袋と夕子の関係。明日おまえの家に行って話すわ」

歯切れ悪く答えた。

俺は、とにかく明日になるのを待つことにした。

翌日、高橋も落ち着かなかったとみえ、通夜にはまだずっと早い昼過ぎに俺の家を訪ねてきた。そして夕子と高橋のお袋との関係を話しだした。

「実はな竜二、うちのお袋と、夕子のお袋同級生やったがやと」

「えっ、ほんまか」

「うん、意外やろ。ほんで、夕子のお袋も新地の娘やったがやと。玉水新地やのうて、終戦直前の高知大空襲で焼けてしもうた稲荷(いなり)新地の方やと」

俺は、年寄り連中がしょっちゅう話していた、高知大空襲の話をぼんやりと思い出した。高橋は、学校の先生の息子だけあって、郷土の歴史に詳しかった。

高橋の話によると国道三三号線を県庁や高知城のあるあたりを中心にして西に玉水新地、東に稲荷新地があったらしい。東の稲荷新地は鏡川の支流堀川(ほりかわ)が浦戸(うらど)湾に流れ込む一帯で、下の新地とも呼ばれていた。稲荷新地は料亭や遊郭だけでなく、芝居小屋や温泉宿などもあった大歓楽街で、鏡川が浦戸湾に流れ込むとば口にぽっかりと浮かぶ丸山台(まるやまだい)という浮島にまでびっちりと料亭や温泉宿が並び、明治維新から戦前まで隆盛(りゅうせい)を極めていた。

「板垣退助(いたがきたいすけ)が暴漢に襲われて『板垣死すとも自由は死せず』て名言残したろ。傷が治った後、丸山台の温泉場で大祝賀会が開かれたがよ。昔はよう賑おうちょったらしいわ」

高橋にそう説明されても、俺は、板垣退助が何をした奴なのかも、そんな名言も知らなかった。

夕子のお袋はこの稲荷新地で生まれ育ち、高橋のお袋と同級生として同じ小学校に通ったというのだ。

「ほんでよ、夕子と同じように、夕子のお袋も『新地の子、新地の子』っていじめられよったらしい。夕子のお袋さん、ものすごい賢い子で、勉強がようできたらしゅうて。それやき、余計にいじめられとったらしいわ」

俺は親子二代に亘って同じような蔑みを受けてきた、夕子親子の境遇に胸を痛めた。

「高橋家は、代々ここの教育者の家系やろ。世間体を気にして、『人格も磨かないかん』と祖父さんがうるそうてかなわんがやき」

勉強も人格もすこぶる普通の高橋は頭をかいた。

高橋のお袋は、そのうるさい祖父さんに「新地の娘に勉強で負けるとは何事じゃ」と比較され悔しくて仕方がなかったが、それこそ世間体もあって露骨な意地悪もできず、悶々とした嫉妬を抱えていたらしい。放課後、誰にもばれないように、貼りだされている夕子のお袋の習字や作文を破って捨てていたというのだ。

「おまえのお袋がか。想像つかんわ」

「ほんまじゃ。俺も信じられんかった」


終戦直前になっていよいよ高知にも空襲が始まった。大空襲があった七月四日。お袋も祖父さんらも今までやっていた竹やり訓練や、バケツリレーなんかなんの役にも立たないことをすぐに悟った。どっちに逃げても燃え盛る炎の中、気がつくと高橋のお袋は家族とちりぢりになり、どこをどう走っているのかも、どっちに向いて逃げればいいのかもわからなくなっていた。目の前で人が走っていたかと思えば、走った恰好のまま次の瞬間は丸焦げになっていく。

「美智子ちゃん、こっちやき!」

爆音と熱さと恐怖のため足がすくみそうになった時、高橋のお袋の腕を摑んだ人が、夕子のお袋だった。

「幸子ちゃん!」

高橋のお袋は、日頃は嫉妬のため憎しみを募らせていた夕子のお袋でも、この状況下で知り合いに出会えたことが心強かった。

二人は手を握り合った。

「幸子ちゃん、四国銀行に逃げたらどうやろか? あそこは石で造っちゅうき、火でも燃えんがじゃないかえ?」

「いかん、いかん、あんなとこ逃げ込んだら、蒸し焼きになるき。鏡川やき。鏡川に逃げるきね!」

夕子のお袋は高橋のお袋の手をしっかりと握ったまま再び走り出した。夕子のお袋は、器用にゴロゴロ転がっている死体や、燃え盛る炎をよけながら走っていき、運動神経の鈍い高橋のお袋を一生懸命ひっぱっていった。実際、四国銀行は外側だけ残して丸焼けになった。

やっとのことで鏡川につくと、そこは人が押し寄せていて、川の中は血の海で、風呂のように熱くなっていた。二人は死体や材木が流れてくる川で励まし合いながら朝まで過ごした。

「竜二、黄燐焼夷弾って知っちゅうか」

高橋はここまで一気に話すと、突然俺に問いかけた。年寄りの戦時中の昔話が大嫌いだった俺はそんな話をロクに聞いていたことがなかった。

「知らん。俺が知っちゅうわけないやろが」

「黄燐焼夷弾言うがわよ、空気に触れたら発火する油が入った焼夷弾ながよ。水中におったらただの油やけんど、それが空気に触れたらいきなり燃え出すがよ。それやから、川に油がどんどん流れてくるがやけど、それを洋服につけたまま外に出てしもうたら、火だるまになるがやと。あん頃は情報が少ないき、空襲が収まったのに、その後火だるまになって死んでしもうたり、焼夷弾の不発弾を知らんと持ってしもうて死んだりしたがやと」

俺は、折角空襲を生き延びたのに、それで死んでしまったらどれだけ悔しいことかと、自分のことのように腹立たしかった。


夕子と高橋のお袋は、B29が去っていったので、うちに帰ろうということになった。岸までたどり着くと高橋のお袋が勢いよく這(は)い上がろうとしたのを、夕子のお袋が慌てて力いっぱいひきずりおろした。

「美智子ちゃんいかん。そのまま出たら火だるまになるき。ちょっと待っちょって」

高橋のお袋は訳がわからぬまま川の水の中にとどまった。

「美智子ちゃん、うちが戻るまで絶対川から出たらいかんきね。絶対やきね。このまま待っちょって。すぐに戻ってくるきね」

夕子のお袋はそう言って念を押すと、なんと川の中で洋服を脱ぎ、パンツ一丁になって土手に這い上がった。啞然(あぜん)とする高橋のお袋を尻目に町中へ走っていき、数十分するとボロを巻きつけ戻ってきた。そして高橋のお袋に、どこかから調達してきたモンペと上っ張りを差し出した。

「ほら、美智子ちゃん、これで恥ずかしゅうないき。川ん中で油のついた洋服を全部脱いで上がってきいや」

こうして高橋のお袋は夕子のお袋に助けられた。

高橋のお袋は、今まで嫉妬のあまり陰で散々嫌がらせをしてきた自分が情けなく、申し訳なく、

「幸子ちゃん、ごめん。ほんまにごめんやき」

その場でわんわんと泣き出してしまった。夕子のお袋は笑顔を見せて、

「なんちゃやないき。えいき。美智子ちゃん、うちはわかっちゅうき。美智子ちゃん、きっと良ぇ学校の先生になるがやき。優しい女先生になる人ながやき。美智子ちゃん、うちのことなんか気にせんでえいき。大丈夫やき、美智子ちゃん、なんちゃ心配せんと、うちは大丈夫やきね」

泣き出した高橋のお袋を、まるで小さい子をあやすかのように頭を撫で、うつむく高橋のお袋の顔を覗き込んだ。泣きじゃくる高橋のお袋に、

「さぁ、美智子ちゃん、もう帰ろうか。うちも帰るき。美智子ちゃん、元気でおりよ。絶対生きちょとかんといかんよ」笑って手を振った。

それっきり夕子のお袋さんは学校からも、焼け野原となった町からも消えてしまった。

「お袋が言うには、稲荷新地が焼けてしまい、おそらく夕子のお袋の母親も空襲で死に、『幸子ちゃんは中学になるかならんかのうちに玉水で働き始めたがやと思う』って言うちょった」

俺は、夕子の横でけだるそうに煙草を吸っていたお袋さんの姿を思い出し、そんな聡明で優しさを秘めた人だったのかと驚いた。高橋は目にうっすらと涙を浮かべ、

「竜二、俺のお袋のこと、最低やと思ったやろ。けんどもっと最低ながは、そのクズぶりが親子二代、俺にも受け継がれとったちゅうことよ。竜二が、夕子の消しゴム拾うちゃったことあったやろ。普通に接した竜二が羨ましゅうて、俺、やきもちやいて囃し立ててしもうた。ホンマすまんかった」

「高橋、謝らんといてくれや。俺も同じじゃ。夕子のこと気になっちょったけど、かばってやる勇気がなかったがよ。俺だって、お前と同じじゃ。皆と同じようにあいつを仲間外れにしてしもうたし」

自分たちの情けなさと卑怯さにうなだれるしかなかった。

「けんど、夕子のお袋は一回も学校には来ちゃあせんのに、なんでおまえのお袋は夕子のお袋と繋がったがな」

「いや、結局、繋がっちゃあせんがよ」


高橋のお袋は、夕子のお袋のことを忘れられず、気にかけ自分を責めていた。その上息子の同級生にも「パンパンの娘」と呼ばれている生徒がいた。高橋のお袋は心を痛め、高橋に「そういうことを言ってはいけない」と口うるさく説教していた。

俺はてっきり高橋のお袋が真っ先に「パンパンの娘」と警戒警報を発令しているのだろうと思っていたので意外だった。たまたま夕子の家の前を高橋がお袋と通った時、こっそり耳打ちをした。

「同じクラスのパンパンの親子がおるで」

高橋のお袋はちらりと一瞥して「幸子ちゃんや」とすぐに気づいた。けれど今もあの頃と変わらぬ境遇にいる幸子ちゃんにノコノコと会いに行ったら、逆に幸子ちゃんを傷つけそうで、このままそっとしておこうと思ったらしい。

ところがおしゃべりな高橋がお袋に口を滑らした。

「パンパンの娘、学校に来んようになった」

高橋のお袋は「何か起きたのでは」と心配になり意を決して夕子の家を訪れたらしい。夕子のお袋はすでに入院中で、家には夕子一人がいたそうだ。

「夕子はな竜二、学校に来んようになった中学二年の終わり頃から客を取りよったらしい。お袋が夕子に『生活保護の手続きをして福祉の世話になった方がいい』って勧めたがやけど、夕子は一切受けつけんかったらしゅうて」

夕子は高橋のお袋に、

「おばちゃん、うちらのこと可哀想なんて思わんといてね。うちも、お母ちゃんもこの仕事好きやきね。この仕事やから、うちはお母ちゃんの入院費も払えるし、一人でも食べていけゆうき。それにここにおったら誰にも詮索されんですむし。『パンパンの娘』なんて言われんし。だぁれもどこの生まれや、何しゆうかそんなこと気にせんし、皆、お互いを気づこうて余計なことを言わんと優しゅうしてくれるし。うちね、普通の人と、うちらの商売みたいな人と、人間としてはどっちが幸せなんやろ？　って思う時があるがよ。なんか普通の人たちの方が可哀想に思う時がある」

切れ長の目に鋭い光を放ち、うっすらと笑いながら言ったという。

「うちのお袋は、昔の幸子ちゃんとかぶって何も言えんかったって」

夕子は全てを見透かしていた。

高橋のお袋は仕方なく、

「夕子ちゃん、何か困ったことがあったら、おばちゃんに連絡してね」

それだけ言うのが精一杯だった。

その後、夕子のお袋さんが死んで、児童相談所とかややこしいのが来ても困るということで、夕子は家を捨て、あの店のオーナーにかくまわれながら客をとっていた。

「夕子と、おまえのお袋さんはしょっちゅう連絡しあっちょったがか？」

「いや、全く音信不通やったらしい。俺も、まさかお袋と夕子が繋がっちゅうらぁて知らんかったし。偶然、街で会うたって言うた時は『おかしいなぁ』と思ったんやけど、お袋も話したがらんし、深く詮索せんかった」

俺が感じた違和感を、高橋自身も感じていた。

「けんど、夕子が死ぬ直前にお袋に連絡してきたらしい。それで最後は俺のお袋が看取ったがよ」

俺は、最後の連絡をよこしたのが俺でなかったことにショックを受けていた。勝手に夕子に好意を持たれていると思っていたが、あれは俺の独りよがりだったのか。

「夕子、なんで俺に連絡してくれんかったがなや」

「俺も、そう思ったき。それに、お袋、なんで俺に言わんかったがなと腹が立った。けんど、俺が新地で夕子に会っちょったなんて口が裂けても言えんきにゃ」

「俺は、夕子とおるとなんとも言えん、安心感があった。そばにいるだけで幸せやった」

「ホンマじゃ」

高橋の目にみるみる涙が溜まった。

「そろそろ行くか」

高橋と通夜に向かった。

夕子のお袋の葬儀が執り行われたのと同じ市民斎場に着くと、予想を覆し式場の入り口には行列ができていた。受付には高橋のお袋が采配（さいはい）を振ったのであろう、婦人会の連中とおぼしき中年女性が甲斐甲斐しく働いていた。

冬でも温暖な気候と言われる高知にしては珍しく冷え込んだ夜、俺たちは言葉少なに列に並び式場に入った。

目の前に飛び込んできた祭壇は、真っ赤なシクラメンで埋め尽くされていた。

俺たちは度肝を抜かれ言葉を失った。

夕子の遺影は、驚く俺たちを見透かしたかのように、切れ長の目にいたずらっぽい光をたたえ、いつものように薄い唇を少しあげて微笑んでいた。


ひっそりと淋しい葬儀を予想していた俺たちを裏切り、式場の中は人が溢れかえっていた。そこには見知った同級生の男たちの顔、顔、顔があった。

「久しぶりやなぁ」

「元気か？」

口々に懐かしみながら、お互い少しバツが悪そうな、それでいてどこか淋しそうな顔をしていた。

「通夜振る舞いへどうぞ」と婦人会のおばちゃんらに言われ、酒や寿司が並ぶ別室に移り同級生が集まると、自然と夕子の話になった。

おっちょこちょいだが、お人好しでムードメーカーの高橋が、

「実は俺、新地で夕子と会いよったがよ」

正直に打ち明けると、驚いたことに同級生の男どもから、

「実は、俺もや」

「俺もじゃ」

あちこちから声が聞こえた。

「夕子とおると、なんかホッとするがよ」

「夕子には、抱きしめて貰うだけでよかった」

「夕子が笑ってくれるとなんか嬉しゅうてよ」

慈しむ様に目を細めた。

「結局、あの頃から皆、夕子が好きやったがよな」

「あの強さ、どんな時も笑ってる夕子がホンマ羨ましかった」

「自分がいじめられるのが怖くて、夕子に意地の悪いことを言う自分が情けなかった」

「夕子が、居らんなって俺、何を支えに生きたらえいがな」

誰かが泣き出した。

一人が泣き出すと、次から次へと連鎖し、通夜振る舞いの会場は男たちのすすり泣きの声が響いた。

ひときわ大きな声をあげ、一人離れた席に目立たぬようにポツンと座っていた初老の男が泣き出した。小学校の担任の中村だった。

通夜振る舞いも終わる頃、高橋のお袋が会場に入ってきた。

「あなたたちね、夕子ちゃんの遺言でね、シクラメンの花を一株ずつ持って帰りなさい。大事に育ててあげてよ」

手には大量のシクラメンを入れた段ボール箱を抱えていた。

俺は、高橋のお袋から、小さなシクラメンの株を受け取りながら、

「夕子、寒い中でもよう咲く、シクラメンが好きやってようといいよったよにゃあ」

独り言をつぶやくと、高橋のお袋は、長いつきあいの中で、初めて俺にまともに話しかけてきた。

「竜二君、あんたと夕子ちゃんはよう似ちょった。あんたにも夕子ちゃんにも孤独に耐える強さがある。けんどそれは弱音を吐けない脆(もろ)さに繋がらんかと、おばちゃん心配しゆう。夕子ちゃんはあっという間に逝(い)んでしもうた。竜二君、身体大事にせんといかんで」

俺は、高橋のお袋から思ってもいない言葉をかけられ、まじまじと顔を見てしまった。

「竜二君、シクラメンは強い花なんかやない。手をかけて育ててくれる人がいるから咲くんやきね。忘れんといてね」

「はい」と小さく答えると、夕子が死んで以来初めて涙がこぼれた。

高橋のお袋は俺の涙を見なかったかのように、明るく顔をあげ、

「シクラメンはお母さんも好きやったゆうて、夕子ちゃん言いよった」

夕子は高橋のお袋と最後にこんな会話を交わした。

「おばちゃん、赤いシクラメンの花言葉知っちゅう?」

「花言葉なんかようわからんねえ」

「なら教えてあげるね。おばちゃん、赤いシクラメンの花言葉はね、——

——嫉妬」

そう言って、夕子は薄い唇をあげて微笑んだ。

喧嘩草

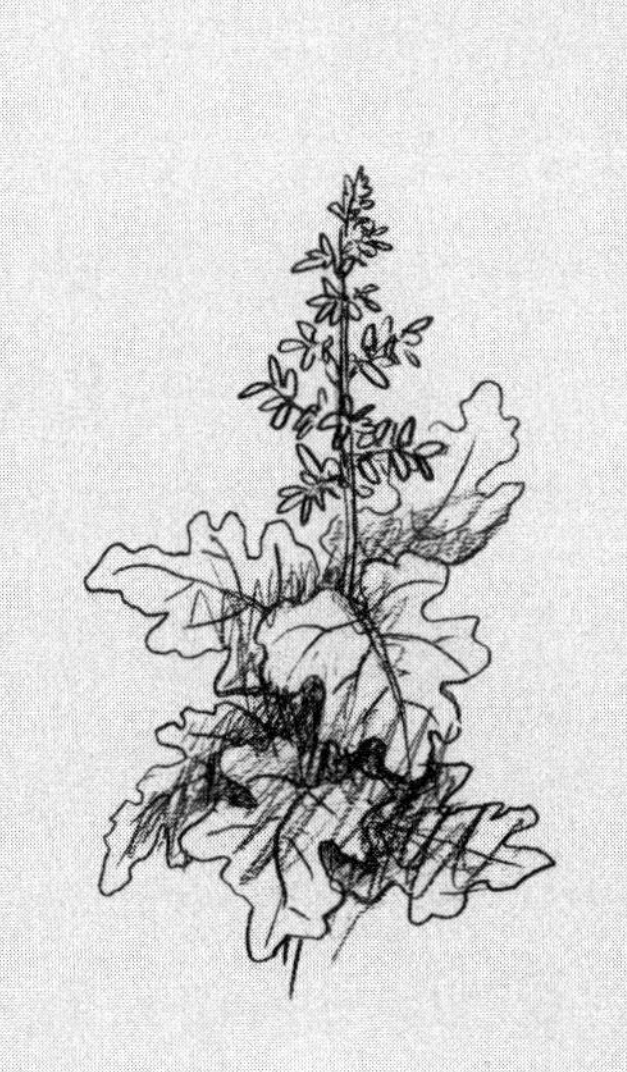

グゥアッシャッ！

聞いたことのない音が脳に響いた瞬間、肩と鎖骨の骨が折れ、腕が背中にぶら下がった。

昨夜抱いた女が、どうやら地元の不良の女だったらしく、俺は仕事からの帰り道、鉄パイプを持った集団に急襲された。

苦情処理に行った営業先からやっと解放され、勤め先の秤屋(はかりや)に戻ったのは、夜の九時過ぎだった。高知市のメインストリート〈電車通り〉にある三階建ての古い自社ビルの裏手に回って営業車を駐車場に戻し、通勤用の原付にまたがった瞬間、背後から突然雄叫(おたけ)びが聞こえた。

「わりゃ、こらー」

「舐(な)めちゅうがか、このガキがあ」

鉄パイプで後頭部を殴られ、倒れ込んだところを滅多打ちにされた。あっという間に口の中に血の味が広がり、ほこり臭いドカジャンの男が馬乗りになって俺を殴り続けた。多勢に無勢で押さえ込まれこっちはなすすべがなかった。俺が動かなくなると胸ぐらを摑(つか)み、四、五人いた男どもが無理矢理立ち上がらせた。

抱いた女の情夫と思われるチンピラが顔面を鼻がぶつかり合うくらい近づけ、唾（つば）をまき散らしながら、

「わしゃあ、豪龍会（ごうりゅうかい）の者（もん）じゃ。おんしゃあ豪龍会の女に手を出したらどうなるかわかっちゅうろうにゃあ」

精一杯粋がり、わめき、最後に鉄パイプで思いっきり肩のあたりを殴りつけた。

倒れた俺はそのまま気を失った。

騒ぎを聞きつけた近所の住人が救急車を呼んだのだろう、俺は大川筋（おおかわすじ）にある総合病院に担ぎ込まれた。病院も慣れたもので、そのまま手術室に直行した。

意識が朦朧（もうろう）とする中、救急担当の屈強な看護士に、

「おまえ、また来たがか」

酸素マスクをかけられながら、あきれたように言われた声が遠くに聞こえた。


バブルと呼ばれる日本中が踊ったわずか四年余りの好景気の直前、高知の街は日本を代表する暴力団の分裂騒ぎに巻き込まれていた。地元の組も分裂し、豪龍会と井川組（いがわぐみ）という二大組織が睨（にら）み合っていた。必然的に高知の若い不良たちも、ぶらぶらしていると勢力拡大を目論（もくろ）む組織からスカウトされた。仲間内からも何人かは本物の組員になっていったが、大半の不良連中は踏みとどまり、その代わり自分を大きく見せようと粋がって組との繋（つな）がりを語るようになった。俺は、やたらと組の名前を持ち出す奴（やつ）らをバカにし、自分の腕一本で喧嘩（けんか）を受けて立っていた。

都会ではとっくにヤンキーは廃れ、ヤンエグだ新人類だと、スマートで、高学歴で、金持ちの若者

らがもてはやされていたが、高知の不良連中は一流企業に勤めるよりも、喧嘩が強いことの方がステイタスだと信じる風潮があった。仕事が終わると夜の街に繰り出し、女をひっかけ、暇さえあれば喧嘩をしていた。

警察や病院も慣れたもので、乱闘や喧嘩の怪我ぐらいでは誰も通報もしなければ、もちろん捜査などされなかった。本物のヤクザ同士がピリピリと睨み合っている時に、半端な若造どもの小競り合いに誰も構ってなどいられなかった。

手術も無事に済み、気がついた時には右肩ががっちりとギプスで固定されていた。麻酔が切れるとさすがに縫合した傷口に痛みが走った。尿道にはカテーテルがぶっさされ、二、三日はベッドから一歩も動けなかった。

カテーテルが外され自由に歩けるようになると、痛みも治まり、俺はすっかり元気を取り戻していた。持て余すエネルギーを若い看護婦に向け、様子を見に来る度に口説いてはいちゃついていた。悪友たちも看護婦を物色しにしょっちゅう見舞いに来ては院内を大人数で歩き回り、婦長からは度々苦情を言われていた。

入院から二週間も経つと消毒薬臭い病院生活に飽き飽きしてきた。今日こそ退院させろと医者をどやしつけてやろうと手ぐすね引いて待っていた。外来患者が落ち着いた午後三時過ぎ、やっと入院患者が診察に呼ばれた。入院病棟から一階の診察室に下りていくと、カーテンで仕切られた五つの診察室に患者が振り分けられ、担当医が順番に回っていた。

この日、俺が一番の診察室に入ると、

「大崎竜二(おおさきりゅうじ)さん、診察室二番でお待ち下さいね」

看護婦が最近街でよく噂(うわさ)を聞く男の名前を呼んだ。

「うぃっっす」

男は間の抜けた声で返事をすると、隣の診察室に入ってきた。俺は、間髪(かんはつ)を容(い)れず仕切りになっていたカーテンを勢いよく開けると、

「おいこらあ、おんしゃあが竜二かぁ」

大声で怒鳴りつけ、背もたれのない回転椅子に座っていた男の頭を回し蹴りした。

「なんじゃ、おまえはっ」

竜二が俺に摑みかかると、二人はもみ合いになり通路側のカーテンを引きちぎって廊下に転がり出た。俺は、竜二に馬乗りになり、ギプスで固められた利き腕で構わず奴をぶん殴った。竜二も俺のあごにアッパーを食らわせてきた。

「このくそボケ、おんしゃこそどこのもんじゃあ」

「夜走狂(やそうきょう)の半沢(はんざわ)じゃあ」

二人が大声で怒鳴りながら乱闘を繰り広げていると、医者や看護士らが慌ててすっ飛んできて二人を引き剝がした。

「あんたらなにをやりゆうが！　ここは病院ですよ」

婦長が金切り声をあげ、「二人とも病室に戻りなさい」と命令した。

「放せこらぁ」

俺は大声で叫んだが、見覚えのある屈強な男の看護士に羽交い締めにされ、病室に連れ戻された。

小一時間もすると、婦長が病室にやって来て俺は強制退院させられた。入院費は後日支払いに来るよう請求書を渡され、一刻も早く荷物をまとめて出て行くこと、外来に診察に来ること、今日のようなことをしていたのでは、くっつく骨もくっつかなくなると、くどくどと説教された。

「やかましゃあ、こんなところすぐに出て行っちゃらあ」

俺は、荷物を紙袋にまとめながら捨て台詞を吐き、まんまと退院を言い渡されたことにほくそ笑んだ。病室から出て行く時、ナースステーションが目に入ると、昨日乳繰り合った看護婦が怯えたように俺を見ていた。俺はわざと女に投げキスをして、「ミキちゃーん、またにゃあ」と大声で叫んで病棟を出た。


病院の玄関口を出ると、竜二が煙草を吸って待ち構えていた。

「おまえのせいで、俺も強制退院させられたぞ」

身長一六五センチの俺を、一八二センチの竜二が胸ぐらを摑んで見下ろした。

「こらっ、続きやるかや」

口では凄みながらも、俺の目のかすかな微笑を見てとったのだろう、竜二も苦笑して摑んだ手を緩めた。

「傷口がふさがったらにゃあ」

「お前も、本当は病院から出れて喜んじゅうろうが」

二人はその場で爆笑した。

理由なんてなんでもいい。俺たちはただ喧嘩がしたくて暴れ回っていた。喧嘩が強ければ女にモテる。女が集まってくるところには男も集まる。なんの刺激もない田舎町で、喧嘩と女が最高の刺激剤だった。

南国土佐といえども、さすがに寒さが応えるようになった一二月にもかかわらず、俺たちは玄関脇でうんこ座りをしながら二人で煙草を吸った。このまま別れるのが惜しい気持ちになりダラダラと無駄話を続けた。

「なんで入院しちょったがな」

「ちょっかい出した女が豪龍会のチンピラの女やって、闇討ちにおうてしもうてにゃあ。お前は？」

「俺か、まっ同じようなもんじゃ。女のところに行こうと単車転がしよったら、因縁つけられて腹を刺されてよ」

「どこの者にじゃ」

「豪龍会舐めたらどうのこうのいいよったけんど、どうせその辺の半端な奴らやろ」

竜二が、首を左右に曲げながら、

「それにしてもお前の回し蹴り見事にくろうたわ」

俺のギプスを軽く小突くと、あきれたような笑いを向けた。

「俺は六歳から少林寺拳法をやりゆうき。いちおう師範やきにゃあ」

「なんなやっぱりにゃあ。タダ者じゃあないとは思うたき。それよりおまえ、なんで俺のこと知っちょったがな」

「アホか。最近、竜二いうて、街中を喧嘩で暴れまくって、女も食いまくりゆう奴がおるゆうて話題になっちゅうぞ」

「そうか。そんなん全然知らんかったわ」

「おまえのことは、今まであんまり聞かんかったけんど、それまで何しよったがな」

高知の不良は世間が狭く、三人も集まれば大抵は繋がりがある。「あれは誰々のツレじゃ」「工業高校の一つ下におった」「俺のツレの兄弟じゃ」こうして不良の素性はすぐに知れた。

俺は、これほど腕っぷしが強く、肝も据わり、すらりとした身長に俳優にでもなれそうな面構えで女を食いまくっている竜二と、十九歳まで巡り合わなかったことが不思議だった。

竜二は、俺の視線を避けるように、駐車場を横切る看護婦の品定めをしながら、

「ちょっとゴタゴタあってにゃあ。お袋と惚れちょった女が続けざまに死んでにゃあ」

何でもないことのように軽いノリで答えた。

「そうか。そりゃ暴れてもおられんわにゃあ」

俺も内心の驚きを隠したまま軽く答えると、竜二は、

「それやき、こっから暴れまくっちゃる」

今度は、満面の笑みで俺の目をしっかり見つめた。


俺の家は、中学時代から親がいなかった。

両親が離婚し、母親は着付けの師範で身を立てた。どういう訳だか知らないが、愛媛県で教室を持つことになり殆ど家に帰らなくなった。当然、家は不良のたまり場になった。

病院で竜二とお互いの電話番号を交換すると、俺たちはあっという間に親友になった。竜二は母親が死んだ後、親類と一緒に住んでいるらしく、家に帰りたくないようだった。女のところにしけ込むことが多かったが、俺の家にもちょくちょく来ては泊まっていった。俺と竜二は一人っ子同士で、気兼ねする家に住む竜二と、誰もいない家に住む俺の需要と供給がうまくマッチしていた。

竜二とはよく大丸(だいまる)の東隣にあった高知で一番人気のディスコ『アメリカ広場』に繰り出した。八〇年代半ばに訪れた空前のディスコ旋風は高知でも巻き起こっていた。

アメ広は高知県で一番栄えたキャバレー『リラ』の跡地にできた大型ディスコだった。最盛期には一晩に八〇〇〇人以上もの来店客で盛り上がり、しかも店長は悪友の一人。俺たちは顔パスで入ることができた。男も女もDCブランドに身を包み、一夜の狂乱に浮かれた。

俺も竜二も、NICOLEやMEN'S BIGIのスーツで決めると、その日の獲物を仕留めに出かけた。エレベーターが開くと、耳をつんざくような大音量でユーロビートが流れ、ドライアイスの甘い匂いがした。入り口は震え上がるほど冷房を効かせているが、大勢の客が踊り狂うフロアは真冬にもかかわらず熱気がこもっていた。薄い水割りで喉を潤(うるお)すと俺たちはすぐに踊り出し、ぶっとく描いた眉毛に真っ赤な口紅、耳がちぎれそうな大ぶりピアスをつけ、充分に男の目を意識しながら長い髪をかき上げるOLたちを物色した。ヒット曲で店内が最高潮を迎えた後、チークタイムになると、俺たちはそれまでに目星をつけた女の手を握り「チーク一緒に踊ろうぜや」と声をかける。俺は、身長は竜二に負けるが、甘いマスクは負けていない。二人で声をかければ大抵の女たちを落とすことができた。めまぐるしく回っていたミラーボールが止まり、メロウな曲に合わせて身体(からだ)を密着させると、大抵の場合そのままキスまでいけた。更にノリの良い(い)女と雰囲気(ふんいき)が盛り上がればラブホテルへとしけ込んだ。

俺は十八歳まで「夜走狂」という暴走族で総長として頭をはっていた。高知の不良連中には「夜走狂」の半沢としていまだに名が知られているが、実際には道路交通法の改正もあって暴走族がつまらなくなり、後輩に総長を譲ると、単車より車に夢中になっていた。俺の自慢の愛車はセリカXX二八〇〇GTで、シャコタンに改造し、前後左右にエアロパーツをゴテゴテにつけていた。セリカXXは洗練されたスタイルで大ヒットし、若い奴らの憧れの車だった。中古だったが手に入れたときは嬉しくて、市内を自慢するように走り回った。

竜二はルックスに似合わず、もっさいスプリンターに乗っていた。スプリンターファンに怒られそうだが、竜二が乗っていたのは、のちに漫画「頭文字D」で大人気となるスプリンタートレノではなく、フルノーマルの四ドアセダンE七〇型でしかも色はベージュ。ハッキリ言って親父が乗るような車だった。竜二の車を初めて見た時には失笑してしまった。

「はずかし！　なんじゃこれ。市役所の人間が乗る車じゃか」

竜二はよくわかっていないのか、とぼけていたのか、

「俺は車に金かけれんかったんじゃ」

もぞもぞと言い訳をした。

「それにしてもフルノーマルはないぞ。ちょっとでも手を入れたらえいじゃかや」

「そんなことはわかっちょらあ」

ダサい竜二の車と一緒に走るのはかっこ悪かったが、女の首尾が上手くいかない日は、車で暴走す

るか、喧嘩しかやることがない。その日の俺たちは、ディスコで可愛い女をつかまえ損ね、むしゃくしゃする気持ちを暴走にぶつけることにした。

電車通りを南下し潮江橋を渡って、桟橋通りの突き当たりを左折し、県道三六六号のゼロヨン街道まで一気に車を走らせた。ゼロヨン街道では暇人どもが、次々と行われるレースを見守っていた。

わずか四〇〇メートルの直線レースで、直列六気筒二・八リットル　DOHCエンジンを積んだ俺のセリカXXはもっさいスプリンターにもちろん圧勝した。

竜二は車を降りてくると、目を輝かせ無邪気に言った。

「ええ走りやにゃあ半沢。この車よ、俺に譲ってくれや」

何を言い出すのかと一瞬あきれかえったが、竜二のあまりに屈託のない直球についうっかりと、

「おぉ、ええよ」

と答えてしまい、値切られた末に六五万円で愛車を譲ることになった。

俺たちが車の外で愛車談義をしていると、横にスーッとシビックのハッチバックに乗った二人連れの女が近づいてきた。二人とも、今風の派手なメイクに、長い髪を金髪に染め、ピンクのハンドルカバー、室内のグリップにはつり革がぶら下がり、いかにも〈暴走族大好き!〉といった雰囲気を醸し出していた。運転席の女がパワーウインドウを下げ俺たちに話しかけてきた。

「ねぇ、よう来るが」

「おぉ、たまに来るぞ。こいつと走ったがは初めてやけんど」

「どっかの族?」

「おぉ昔にゃあ。夜走狂って聞いたことあるかや」

俺が、調子良く答えると、

「やっぱり。あんた夜走狂の半沢君やろ。あたしら黒蝶一家やったがで」

金髪女たちは高知で名を馳せた女だけの暴走族の名前を挙げた。

「お、黒蝶一家か。四代目総長の香代子とよう遊んだわ。こいつは竜二。族じゃないけんど、俺のツレやき。寒いきよ、そっちの車乗ってえいかや？」

女たちもそのつもりだったのだろう、

「えいで、乗りや」

あっさりと後部座席に乗せてくれた。

後部座席のシートの上と、床にもピンクのムートンが敷かれ、シフトノブは水中花タイプと内装も暴走族仕様になっていた。車の中は、安っぽいカーフレグランスが充満していて息苦しかった。

早速、誰と誰が知り合いだとか、歳が何歳離れているとかどうでもいい世間話が始まり、俺と竜二は密かに合図を送った。竜二は運転席の絵美がいいと目配せし、俺は助手席の京子を落とすと決まった。

「京子ちゃん、この車のフレグランス、頭痛うなるきよ。俺の車で話さんかや」

狙いが決まれば目的は一つ。ダラダラ長話をする必要はない。俺は早速二人になる理由をこじつけた。ノリの良い絵美も京子も異論なく、俺たちは二対二のカップルに分かれた。

ゼロヨン街道はゴール付近の東岸壁にはギャラリーが溜まっていたが、レースを行う県道沿いの南岸壁は、カーセックスをする若者の車がずらりと並んでいた。暗黙の了解できっちりと三メートルずつ間隔を空け、運転席と助手席の窓が隣の車と同じ位置に並ばぬよう、少しずつ前後にズレながら止めることになっていた。

俺は自分の車に京子を乗せコトを済ませると、竜二と絵美がゴール付近の東岸壁に戻ってくるのを待った。目的を遂げてしまうと、女のダラダラ話に答えるのが面倒くさく、俺は、笑顔で調子をあわせながら、竜二がさっさと戻ってこないことにイライラしていた。

三〇分程待つとやっと竜二が戻り、京子が絵美の車に乗り込み「ほいたら、またね」と帰って行った。

俺は、待たされたイライラもあって、竜二にあきれたように聞いた。

「おまえ、何回やったがな。遅かったのう」

「アホか。あんな狭い車で何回もやれるか。絵美と話をしよったがよや。俺よ、あいつとつきあうことにしたき」

「えっ、つきあうってお前、大丸のエレベーターガールとつきあいゆうろがや」

「まぁえいじゃか。『これからも一緒におりたい』言うき『ええよ』って言うちゃったがよ」

「おまえ、そのうち刺されるぞ」

俺が、ますますあきれると、

「もう刺されちゅうきにゃあ」

竜二は、面白いギャグでも言ったつもりなのか、俺の忠告を気にする様子もなく一人で笑っていた。

竜二は俺と一緒に病院に担ぎ込まれた頃、蒲鉾(かまぼこ)屋から大丸デパートに売り場を持つアパレル会社に

転職していた。紳士服売り場にいたが、甘いルックスでさぞかし買い物に来る女性客から売り上げを稼いでいるだろうと聞くと、

「いやぁ俺は紳士服売り場でいっつも売り上げは二番手やき。絶対に勝てれん、驚異的な売り上げを誇る人がおるがやき」

「へぇ、竜二にもかなわん奴がおるがか」

　皮肉な笑いを浮かべてからかってやった。

「お前、工業高校におった東野(ひがしの)さんって知っちゅうか」

「アホか。高知の人間やったらあの人の暴れ伝説は誰でも知っちゅうわや」

「実はにゃあ、売り上げナンバーワンはあの人やき。高知の不良連中が、みんな東野さんのショップに服を買いにきゆうがよ」

「えっ、あの東野さんが今アパレルやりゆうがか。信じられんにゃあ」

「お前じゃち、秤なんぞを売る信じられん仕事しゆうやないかや」

「まぁ、そうやにゃあ」

　高知県は「海のもん」「山のもん」と言われる、漁業や農業、林業に親子代々従事する人間も多い。そいつらはどんなにやんちゃをやっていても、食い扶持(ぶち)を稼ぐレールが敷かれているが、俺たちのように市内で生まれ育った人間は、代々続く商売人でもない限り、自分で生きる道を探すことになる。学生の頃どんなに粋がっていたとしても、上司や取引先にぺこぺこと頭を下げる大人になっていく。そんな自分たちを自嘲気味に笑うしかなかった。

「俺、最近東野さんと知り合いになって、よう可愛がって貰(もろ)うてよ。おまえにも近いうち会わせる

き」

竜二は、言葉通り俺と東野さんを引き合わせ、俺たちは東野さんともつるむようになった。東野さんの子分たちと、俺の夜走狂の繋がりを合わせると人間関係がぐっと広くなり、武闘派の東野さんがらみの喧嘩をする機会が格段に増えた。竜二は、そんな大乱闘に人一倍目を輝かせ大暴れをしていた。


そのうち東野さんは、俺や竜二を喧嘩から外すようになった。

きっかけは絵美の強姦(ごうかん)未遂事件だった。

絵美は勤めていたキャバクラの帰り、夜道を歩いていると、羽交い締めにされ「騒ぐな。殺すぞ」とドスを見せられ襲われた。気の強い絵美は、男の急所を握り潰し、悶絶(もんぜつ)している間に逃げた。公衆電話から俺の家に電話をかけ「竜二もそこにおるろ。二人で早(はよ)う来て！　急いで！　印刷工場の公衆電話のあたりに隠れちゅうき」と助けを求めてきた。絵美の切羽詰まった声にただならぬものを感じ、竜二に「絵美が大変じゃ」と声をかけ、二人で車に飛び乗った。

竜二に愛車をぶんどられたので、今度はその金で悪友からソアラを巻き上げていた。高知の街は車がなければ生きていけない。先輩、後輩、友人、知人と、車は次から次へとカスタムやレストアを繰り返し譲り渡されていた。

俺は、マフラーを交換し、排気効率をあげたソアラのアクセルをベタ踏みした。ソアラはブオンと重低音を鳴らすと一瞬でエンジンが吹き上がり一気に加速した。俺はそのまま赤信号も無視して現場まですっ飛ばした。

公衆電話のあたりに来ると、助手席から竜二が飛び出し「絵美、どこじゃ」と叫んだ。昼間は工員たちの行き来が激しい大きな印刷工場も夜中は人影もなく不気味に静まりかえっていた。

「絵美！　絵美！」

竜二が必死に叫ぶと絵美が印刷工場の物陰から裸足で飛び出してきた。「助けて！」と竜二に駆け寄る。竜二は絵美を車に避難させると、後から追いかけてきた男を迎え撃った。男はドスを持ち、全身入れ墨の上に真冬だというのにパンツ一丁という異様な出で立ちの、頭の禿げあがった小柄で痩せた中年男だった。

リーチの長い竜二は「なにしゅうがな、このボケがあ！」とドスに目もくれずぶん殴った。体形の割には男もひるまず「ぶっ殺されたいかや、このガキが！」明らかに正気を失った目で竜二を睨み続ける。

俺は竜二と男が睨み合っている間に、後部座席に移り、こっそりと車から降りた。気づかれぬよう体勢を低くして男の後ろに回り込むと、竜二に目配せして得意の回し蹴りを食らわせた。その場に倒れた男を今度は二人でボコボコにぶん殴った。男は気を失い、やがて動かなくなった。

竜二は喧嘩でテンションがあがり、意気込みながら、ガッツポーズをした。

「これ表彰もんじゃないかや。か弱い女を悪い男から守ったがやき」

「ひょっとしたら県警から賞状が貰えるかもにゃあ」

「俺よ、表彰状貰うの生まれて初めてやきにゃあ」

竜二が嬉しそうにはしゃぎ、二人で大いに盛り上がった。震えていた絵美も車から降りてくると

「怖かったちゃあ。なんながで、こいつ！」苦しそうにうなる男のケツを蹴り飛ばした。

丁度その時一台のタクシーが近づいてきた。運転手のおっさんが窓から顔を出し、

「あんたら、どうしたがでよ」と血相を変えて聞いた。俺たちは、事の顛末を話し、

「おんちゃん、俺ら表彰されるでねぇ」

無邪気に竜二が聞くと、運転手は「こりゃあ、やりすぎやきあんたら」眉間に皺を寄せ、顔を曇らせた。

「見てみぃや、全身に墨入れて、小指がのうなっちゅう。どう見たち筋モンやき。あんたら早う逃げたほうがえいでよ。バレたら組に仕返しされるでよ」

俺たちは浮かれた気分から一気に突き落とされた。

「あんたらが逃げた頃、適当に時間見計ろうて警察に連絡しちゃるき。死にやせんやろ」

「おんちゃん、すまんねぇ、ほいたら頼むで」

俺たち三人は慌ててソアラに乗り込み、全速力で逃げた。


この強姦未遂のことを、翌日俺と竜二は爆笑しながら東野さんに話した。

「表彰される思うたけんど、やりすぎてしもうたみたいで」

俺がおちゃらけると、東野さんは苦笑しながら聞いていたが、最後はすっと真面目な顔になった。

「半沢、おまえは少林寺拳法で師範にまでなっちゅうろが。おまえが本気でやったら下手すりゃ本当に人を殺すぞ。道場にも迷惑がかかるき、絶対にやり過ぎたらいかんぞ」

「竜二、おまえは組の人間と喧嘩はするな。親父さんの立場を考えたらややこしゅうなるきにゃあ」

真顔で説教された。東野さんは、普段はノリも良く女にもモテて、俺たちと一緒にバカもやるが、ひとたび怒らせたら、誰もが震え上がる気迫があった。俺たちはうなだれた。

それにしても竜二の親父さんの立場とは何のことだ。竜二に組関係の父親がいるのか。これまで竜二から「母親は死んだ」としか聞いたことがなく、父親は勝手にいないものだと思っていた。

「竜二の親父って何のことながですか」

俺は、東野さんと竜二の顔を見比べながら尋ねた。東野さんはあきれたように、

「おまえ知らんがか。竜二は、井川さんの息子やぞ」

「えっ、井川組の組長ですか。竜二ほんまながか」

竜二はバツが悪そうに曖昧にうなずいた。

俺は高知の、いや今や日本中を巻き込んだ、暴力団の分裂騒ぎの中心にいる大組長が、竜二の父親とはにわかには信じられなかった。

「おまえ、跡目は継がんがか。こんなことしよってえいがかや」

驚いて尋ねると、

「俺は継ぐきはないき。親父とは関係ないき」

竜二は無愛想に答えた。

俺は、もっさい車に乗り、女に言い寄られれば断れず、肩身の狭い親類の家に居候し、十九歳にもなってやっと本格的に不良デビューした竜二が、あの井川組長の息子だとはにわかに信じられなかった。

「俺が井川組長の息子やったら、リンカーンに乗って、愛人仰山(ぎようさん)作って、若い衆引き連れて歩くのににゃあ」

竜二は、俺のギャグとも言えない素直な驚きに、薄笑いを浮かべただけで何も言わなかった。

竜二が井川組長の息子とわかると、腑に落ちることがあった。高知の不良連中は「肩があたった」「目が合って睨みつけた」そんなくだらない理由で因縁を吹っ掛けすぐに喧嘩になったが、竜二といると時々「おんしゃあ、井川組のもんやろが」「井川組の息子じゃろ」と言ってくる連中がいた。その辺の、半端な小僧どもでも組の名前を語る時代、俺たちは相手が何組と勘違いしようが、喧嘩を吹っ掛けられりゃ渡りに船とばかりに応じ、売られた喧嘩は有難く買っていた。あれは粋がった奴らの勝手な勘違いだと思っていたが、本当だったのか。今更ながら自分の間抜けさに気づいた。

仲間内の奴らに「竜二が井川組の息子やっておまえ知っちょったか」こっそり尋ねてみると、

「えっ、やっぱり噂は本当やったかよ」

「知らん知らん、そうながか⁉」

「おぉ、知っちょったよ。有名な話やき。おまえ知らんかったがか」

答えはまちまちだった。東野さんは、

「このご時世やき井川組の息子と知れりゃあ、身に危険も迫るやろうから言いとうないがやろう」

竜二の沈黙に対し、詮索せずに自分で落としどころを見つけているようだった。俺も竜二が話したがらないのならと、そのことに触れることはやめた。十九歳の若い男にとって家庭環境はどうでもよいことだった。

東野さんを「兄貴」と慕う連中は、俺や竜二以外にも高知の街にはゴロゴロいた。「工業の東野」と言えば、俺たちの歳の前後三歳くらいの人間はみな東野さんの武勇伝を一つや二つ知っていた。取り巻きの中には、豪龍会や井川組の組員になった者も多く、東野さんと遊んでいるとそのどちらからも声がかかった。

　通りすがりに「兄貴、お疲れ様です」と声をかけられることもあれば、居酒屋で飲んでいると「兄貴、一緒にえいですか」と合流してくることもあった。東野さんは、どっちの組の奴らとも平気でつきあい、ホンモノの組員になった奴らも、東野さんといると十五、六の頃一緒に暴れたり、単車で暴走した思い出話に興じ、気楽だった昔に戻っていた。

　竜二の高校時代は、本人曰くバイトばかりしていて暴走族にも入らず、それほど遊んでもいなかったらしい。俺たちが不良少年だった時代の話を興味深そうに聞いていた。男も女も竜二を一目見ればルックスの良さに驚き、惚れ込み、一匹狼だった竜二のまわりにも仲間がどんどん増えていったが、知り合いになった奴らにどれだけ持ち上げられようと、自分の魅力に気づいていないようだった。実際、これだけのポテンシャルを備えていながら、女にも喧嘩にも不器用な奴だった。


　竜二は、女に言い寄られれば、誰でも受け入れたかと思えば、大して好きでもない女でもすぐに情が移った。きっぱりと別れることをせず、まるで別れを怖がっているかのようだった。

　休みの日には、朝、昼、晩と違う女の元を訪れ、自称〈竜二の彼女〉という女は、常に三、四人同時進行だった。俺も浮気では他人のことを言えたギリではないが、竜二よりはずっとさっぱりしていた。

　竜二の彼女だと思っている女たちは、竜二が遠のくと、必ず俺の家にやって来てはメソメソグチグチと泣く。竜二をここで待つつもりなのだろう、なかなか帰ろうとしない。仕方なく慰めてやると、いつの間にかしなだれかかられ、俺がその女を抱いてしまうことも度々あった。女は、さすがに俺と寝たとなると竜二にバツが悪いのだろう、「竜二に絶対言わんといてよ」と言い残しそそくさと帰った。もちろん俺はすぐに竜二に言った。

「すまん半沢、助かったき」

場合によっては怒り狂って殴りかかってもおかしくない状況だが、なぜか竜二は必ず礼を言った。自分が窮地を脱したことよりも、女が独りでいる様子を想像することが耐えられないようだった。

「あいつが独りで寂しゅう帰らんでよかった」

「ほいたらおまえがあいつだけを大事にしたらえいじゃかやあ」

「仕方ないろうがや。他にも『一緒におって』言う女がおるんやから」

俺は時々、竜二がふざけているのか、バカなのかわからなくなった。

竜二は喧嘩をしてもバカだった。

相手は大抵背の低い俺を舐めてかかってきたが、俺は滅法強い。一撃で勝負が決まった。竜二は、力や技は俺には劣るが、恐れを知らなかった。まるで死んでもいいと思っているかのような無鉄砲さで、相手が大人数でもひるまずに向かっていく。その気迫に相手はビビってしまい、竜二は勝ちをもぎ取っているようなところがあった。

夢中になると敵も味方もわからなくなり、手当たり次第ぶん殴るので「キレたら危ない奴」と言われていた。一度、もう殆どケリがついた乱闘で、俺が竜二に後ろからポンポンと肩に手をかけて呼んだら振り向きざまにぶん殴られた。

「アホか、俺じゃ」

竜二のパンチをまともに食らい、頬(ほお)を押さえ痛みを堪(こら)えながら竜二に怒鳴ると「あっ、すまん」と言って、また目の前にいた味方をぶん殴った。

「竜二、もう終わっちゅうき」

敵は殆ど去ったか、のされてくたばっているのに竜二は一人で暴れ回っており、仲間に羽交い締めにされて「あっ、なんなもう終わりか」と我に返っていた。


東野さんは、時々俺と竜二を追手筋(おうてすじ)と中(なか)の橋通(はしどお)りの交差点から一本裏道にある『フランシーヌ』という静かなバーに連れて行った。俺も、竜二も酒はビールか土佐鶴(とさつる)で十分満足だし、もっと言えば、酒を飲むなら女と一緒に騒ぎたかった。初めて、東野さんにフランシーヌに連れて来られた時は、レンガ造りの壁に、ステンドグラスの窓、古いヨーロッパの映画に出てきそうな木製のドアには「会員制」と書かれた札が下がっていて、見ただけで気後れがした。

「兄貴、こんな高級そうな店、肩が凝(こ)りますき」

俺が言うと、竜二もびびっていた。

「何を頼んだら良いかもわかりませんし」

東野さんは、俺たちの気持ちなど意に介さず、

「アホ、ただの古いバーよや」とさっさと店に入っていった。

店の中は、茶色に塗られたコの字形のカウンターがあり、背の高いスツールが十席並んでいた。客は左端に二人カップルがいるだけだった。東野さんは俺たちを右端のコの字の一辺の席に三人で並ん

で座らせた。カウンターには見たことのない洋酒が並んでいた。

「東野さん、適当に頼んで下さい。何の酒かさっぱりわかりませんし」

俺が小声で頼むと、東野さんはマティーニを三つ頼んだ。

「マティーニやったら聞いたことあるにゃあ」

真ん中に座った俺は今度は左側を向き、竜二に小声で言った。

「おぉある。あの細っそい脚の、三角のグラスで出てくるがやろうか？　あんなんこぼさんとよう飲めんわ」

竜二は、カップルの女客の飲み物を見ながら不安そうに言った。


そこにやって来たのが彰だった。彰は、東野さんに「兄貴、お疲れ様です」と親しげな笑顔を見せた。「おぉ、座れや」東野さんが勧めると、俺たち三人が座っている一辺から直角に曲がった、竜二の隣の席に座った。

「失礼します」

彰が座ると、東野さんが「こいつは彰言うて、俺の後輩じゃ」

彰の胸には、豪龍会のバッジが光っていた。東野さんが、俺と竜二を紹介すると、彰は「宜しゅうお願いします」と礼儀正しく頭を下げた。一八〇センチはある身長、髪をリーゼントにバシッと決め、スリーピースを着た彰は、竜二に負けず劣らず恰好よかった。

彰は中坊の頃、東野さんが総長だった暴走族に所属し、鑑別所にも一緒に送り込まれた仲だった。

土佐道路を仁淀川に向かって南下していたところ、朝倉あたりで他の暴走族が北上してくるのにかち合ってしまった。当然ながら先頭集団が手に持った棍棒で相手を殴ったり、ギリギリまで幅寄せし蹴りを入れぶっ倒したりし始め、次第に大乱闘になった。敵の〈旗持ち〉は、東野さんの旗持ちを見つけると、単車のタイヤに旗の竿をぶっ込んできた。単車はいきなりひっくり返り、旗持ちと運転手は勢い余って数メートル先に飛ばされた。

　そこにパトカーが数台やって来たため、敵味方は大混乱になり、仲間たちは一斉に逃げ出した。東野さんと彰はぶっ飛んだ二人の仲間を、シャコタンの箱スカに突っ込み、急いで逃がした。逃げ遅れた東野さんは彰に、「マッポは俺が食い止めるき、お前は逃げぇ！」と言ったが、彰は東野さんから離れず二人はそのままパクられた。

　警察でも検察でも一緒に走っていた仲間の名前を言えときつく迫られたが、二人はまるで口裏を合わせたかのように、「ツーリングをしていたら知らない暴走族に襲われた」と見え透いた嘘をつき通した。結局二人とも単車の改造と暴走行為だけのお咎めとなり鑑別所送りで済んだ。

「あの時、警察をぶん殴っちょったら、俺は年少送りやった」

　東野さんは苦笑いし、彰は「俺が、鈍くさかっただけですき」と懐かしそうに思い出し笑いをした。

　彰はその辺のチンピラと違い、やたらめったら喧嘩腰でも、自分を大きく見せようとすることもなかった。同い年の俺や竜二にも「半沢さん」「竜二さん」と敬語を使った。俺たちは、すぐに「彰」と気軽に呼んでいたが、いくら「同い年ながやきタメ口で話そうや」と言っても「すいません、堅苦しい男で」と笑って取り合わなかった。

　彰は、俺たちのようにディスコに行ったり、ゼロヨンに興じたりはしてないが、女や車の話には上手に相槌を入れた。口数は多い方ではないが、一緒にいて居心地のいい男だった。

東野さんは俺や竜二を特に可愛がってくれていたが、彰とも強い信頼で結ばれていた。おそらく帯屋町あたりの人の出入りの激しい店で豪龍会の彰と会えば、いつ喧嘩が始まり、いざこざに巻き込まれないとも限らない。その点いかにも職人気質で、客の詮索をしない口の堅そうなバーテンダーが一人でやっているこの店なら、安心して彰と俺たちを引き合わせられると考えたのだろう。

　この日以降、時々俺たちはこのフランシーヌで酒を飲むようになった。堅苦しそうな店と思ったのも最初だけで、慣れてしまえば同世代が殆どいない、静かな大人の店でゆったりと飲む酒と、彰の同い年のヤクザ者とは思えない落ち着いた雰囲気は、なんとも言えない安心感を与えてくれた。あの東野さんが一目置き、俺たちに会わせたいと思った気持ちがわかるような気がした。

　竜二と遊び回っていると、偶然彰を見かけることがあった。彰は清楚でとびっきりのいい女を連れていたり、黒光りするキャデラックの横で、仕立ての良いスーツを着てすっと立っていたりした。彰も俺たちに気づいた時は、他の奴らにはわからないくらいの微笑を浮かべ、わずかに頭をさげ合図をした。街中で俺たちは、お互い決して声をかけなかった。俺と竜二は、

「彰は、俺らに話を合わせゆうけど、次元が違うにゃあ」

「同い年やのに大物感を漂わせるにゃあ」

「青年実業家のように見えるにゃあ」

「竜二、お前青年実業家ゆうがを見たことあるか」

「ない」

　などと馬鹿話をしながら、男も惚れる彰と知り合いになれたことが嬉しかった。

「あいつは豪龍会を背負う大物になるにゃあ」

二人でうなずき合った。

　年が明けると、日本で最も大きな暴力団の組長と若頭が殺されるという一大事件が勃発し、二大勢力の分裂騒動は本格的な抗争となっていった。必然的に高知でも豪龍会と井川組の対立が深まっていった。そして組長・若頭射殺事件のおよそひと月後、ついに高知競輪場で豪龍会組員に井川組組員二名が射殺されるという事件が起きた。豪龍会の犯人はその場から逃走。土曜日の白昼堂々一般市民が二五〇〇人来場する中で起きた銃撃戦は高知県をパニックに陥らせた。双方の組事務所の前には機動隊が出動し、近隣の小学校は集団下校、マスコミが多数駆けつけるという騒然とした事態になった。俺たちのような不良連中も、この成り行きの噂話で持ちきりとなった。

　翌日、東野さんから珍しく職場に連絡があり、俺たちは夜フランシーヌに集合することになった。俺と竜二が店に到着すると、すでに東野さんと彰が飲んでいた。

「彰、大変やったろが。えいがか、こんなところにおって」

　俺が声をかけると、彰はいつもの礼儀正しさで応えた。

「ええ、もうすぐに失礼します。今日は一言だけ竜二さんに詫びにきました」竜二は驚いて、

「えっ、俺に」反射的に聞き返した。

「ええ、競輪場で井川組をやってしもうたのは俺です。これから出頭します。竜二さん、成り行きとは言え、お父さんの組の方に弾打ち込んで、すみませんでした」

　彰は、その場で軽く頭を下げた。俺も竜二も息を呑んで言葉が出なかった。

東野さんはまっすぐカウンターの方を見つめ、黙って飲みかけのグラスを置いた。沈黙の後竜二が

かすれ声を出した。

「俺と親父は関係ないき。彰、そんなこと気にせんといてくれ」

俺はたまらず、

「彰、絶対に出頭せんといかんがか。ホンマにお前がやったがか。逃げる訳にはいかんがか」

つい彰の肩を摑んで、語気を荒らげてしまった。彰は冷静さを失わず、穏やかな微笑(ほほえ)みを浮かべたまま、

「えぇ、本当に俺がやったんです。逃げる訳にはいかんがです。長い休みになりますが、出てきたらまた遊んで下さい」

自分といると危険だからという理由で、彰は俺たちを残し、店を後にした。残された三人は、口数少なくしんみりと酒を飲んだ。

「兄貴、彰は何年ぐらいくらうがやろうか」

「十二、三年やないかや」

俺は、あの彰が刑務所で無為な青春を費やすのかと思うと、悔しくてならなかった。

そして次の日、今度は竜二が姿を消してしまった。


一気に二人の友人を失い、俺は呆然(ぼうぜん)と毎日を過ごしていた。女と遊んでいても、車をかっ飛ばしても、ここに竜二がいたらと思いつまらなかった。段々と出歩くことも億劫(おっくう)になっていった。

竜二が失踪し、すでに半年にもなろうとしていた。いつものようにグレーのソファーベッドにもたれながら、見てもいないテレビ番組を流し、土佐鶴の一升瓶をあおるように飲んでいた。最近は、夏

の寝苦しさもあって、うつらうつらと眠ったんだか起きていたんだかわからないまま朝を迎えるのが常だった。そろそろ日付が変わろうかという頃、鍵などかけたことのないドアが開き、誰かが入ってきた。どうせ悪友がやって来たんだろうと思っていると、

「半沢」

竜二がやつれた姿で戻ってきた。俺は驚いて起き上がり、

「竜二、おんしゃあどこに行っちょったがな」

腹立たしさから怒鳴りつけた。

竜二はうなだれ「すまん」と謝り、床に座り込むと失踪について語り出した。

抗争事件勃発後、報復合戦は組員の家族にも及んでいた。大阪の二次団体の組長の息子も、堅気の仕事をしていたにもかかわらず襲われた。この事態に危機感を抱いた井川組長の命で、竜二は高知を離れ各地を転々としながら匿（かくま）われていた。

「彰と別れた次の日に、大丸から出てきたら、親父の組の者に半ば無理矢理車に乗せられてよ。俺は半沢に連絡をさせてくれ言うたんやけど、『このことは誰にもゆうたらいかんがですき』言われてよ」

竜二は行き先もわからぬまま、アパートを転々とする生活をしていたらしい。金や必要なものは、各地の組の者が手配してくれるが、抗争事件に忙しいさなか、そうそう堅気の息子に構ってもいられない。竜二は誰も知らない土地で孤独な半年間を過ごしていた。

「やっと休戦の手打ちになったき、帰って来れたがよ」

「そうやったがか。おまえも大変やったがやにゃあ」

竜二は心底疲れ果てたという面持ちで、土佐鶴をかっくらった。

その晩、竜二は酔いが回ると親父さんのことを初めて語り出した。

「井川の親父は本当の親父じゃない。本当の俺の親父は神戸のヤクザのほんでまた組長らしい。お袋は最初その人の愛人やったけんど、別れて井川の親父の愛人になったがよ」

俺は、意外な話に驚いたが、顔には出さず黙って竜二の話を聞いた。

「お袋は三年前自ら命を絶った。理由はわからんけど、多分井川の親父に捨てられたがじゃないかと思う」

「そうやったがか」

俺は、竜二が女と別れることを怖がり、女に情をかけすぎる理由がわかった気がした。

「井川の親父は、俺にもお袋にも本当にようしてくれた。本当の息子のように可愛がってもくれた。親父に恨みは一切ないき」

有名な井川組長の息子として世間に知られている竜二は、本当の息子ではないという葛藤(かっとう)に苦しんでいた。

竜二は、カップ麺の容器や、雑誌や灰皿が散らばる床に隙間を作り、ごろりと横になった。

「井川の親父はよ、俺たちには絶対に怒鳴ったりせん、どっしりした人や。彰は親父の雰囲気によう似ちょったにゃあ」

天井を見つめ、ぽつりとつぶやいた。

涙が耳にこぼれ落ちるのが見えた。

「思い出してみたら、俺は小さい頃からこんな別れを何度も体験しよったがよにゃあ」

竜二は、お袋さんの男が変われば境遇が変わり、唯一自分を可愛がってくれたばあちゃんとも離れ離れになった。ガキの頃から、井川の息子として教師や父兄らにも煙たがられ、街を歩けば因縁を吹っ掛けられ、お袋さんはロクに子育てもしないまま逝ってしまった。母親が死に、戸籍を取り寄せたら、井川組長は実の親ではないと知り、今更頼ることもできない。

「ばあちゃんによ『お袋はなんで本当の親父と別れたが』って聞いたら、『懲役に行ってしもうたきよ』って言うてた。結局俺の人生は親と同じこと繰り返すんかのぉ」

竜二は、堰を切ったかのように、思いの丈を一気に話すと目を閉じ黙り込んだ。眠ったのかと思うほど長い沈黙の後、

「半沢、俺は東京に行く」

「そうか」

ぽつりとつぶやいた。

俺も染みだらけのソファーベッドにごろりと横になった。

竜二はそれからひと月後に東京に行くことになった。

旅立ちの前日、仲間たちが集まり派手な壮行会が開かれた。竜二は心の葛藤はおくびにも出さず、

「永ちゃんの『成りあがり』を読んで、俺も成り上がると決めたき」

明るく威勢の良い話をした。おーっと盛り上がる仲間の声。

「見ちょけよ、おまえら今度帰って来る時にはベンツに乗って帰って来るきにゃあ」

「竜二ベンツってなんな。クラウンよりええ車か」

「アホ、今やアメ車を超えた外車の最高級車やぞ」

「竜二、フルノーマルでおっさん車に乗ってくるなよ」

俺も精一杯バカになって、壮行会を盛り上げた。俺たちはぐでんぐでんに酔っ払った。


壮行会の後、竜二は俺の家に来た。

「どうしたおまえ、女の家にいかんでえいがか」

俺がからかうと、竜二は笑いながら俺にアッパーを食らわすマネをした。飲み過ぎた俺たちは、そのままごろりと横になった。

「半沢、ホンマに濃い一年やったにゃあ」

「おぉ、おまえと知り合うて、ますます女にモテたわ」

竜二は、アホかと笑った。

「おまえと、もっと馬鹿なこと沢山やりたかったけんど。結局、高知にゃ俺の居場所はないき。狭い高知じゃ井川の息子の看板がつきまとうて、それが俺には重うてにゃあ」

俺は竜二にまたがり、胸ぐらを掴んで一発ぶん殴った。

「おまえは、俺らにはできん、東京への切符を掴んだがじゃ。俺らの分の夢引っ提げて、東京で一旗あげてこいや」

竜二の半身を起こして揺さぶると、涙が溢れて仕方がなかった。弱音を吐く気持ちは痛いほどわかった。

「おまえの居場所はここじゃ。おまえの原点はここにあるんじゃ。東京で思いっきり暴れてこいや。

大丈夫じゃき、失敗してもここに帰って来たらええだけじゃ」

竜二も涙を流した。

「半沢、俺はなんでいつも寂しいんやろな」

俺は竜二を摑んでいた手を離し、背を向けてゴロリと横になった。

「俺は送らんぞ」

竜二が黙ってうなずいたのがわかった。


翌日、俺は竜二がまだ眠っている間に仕事に出た。竜二は気づいているのかいないのか、家を出る俺に何も言わなかった。

俺は、東野さんに連絡し、竜二がうちで寝ていること、あいつが好きな「都（みやこ）まん」と「豚（ぶた）まん」を買って、フェリー乗り場まで送って欲しいことを伝えた。東野さんは笑いながら「あと、松岡（まつおか）かまぼこのじゃこ天（てん）も追加しちょくき」と言って電話を切った。

俺の家を出てきた竜二は、玄関に東野さんがいたことに驚いたらしい。

「兄貴……」

そう言うと一瞬涙を見せそうになったが「兄貴、彰に差し入れてやって下さい。頼みます」と神妙に頭を下げたという。

フェリー乗り場は、ゼロヨン街道の先端にあったが、二股に分かれる桟橋通りの突きあたりには井川組の事務所があった。東野さんは、事務所が見える分岐点に車を寄せ停止した。三階建ての壁が黄色に塗られた建物は、いまだに事務所の前に機動隊がうろつき物々しい警戒ぶりだった。

「親父さんに、挨拶せんでえいがかや」東野さんが聞くと、

「えいです。今行っても迷惑かけてしまうし」

竜二は、窓からじっと「井川組本部」と書かれた建物を眺めていたそうだ。


夜のフェリー乗り場には仲間数人が見送りに行った。竜二は、ハイテンションを演じ、

「絶対、俺はビッグになって帰って来るきにゃあ」最後までそう騒いでいたらしい。

竜二のフェリーが動き出すと、東野さんをはじめとする見送り部隊数人は、猛ダッシュで車に乗り込み桂浜方面に向かった。


俺はその頃、浦戸大橋にいた。

竜二の乗ったフェリーは高知港を出た後、浦戸湾に入り種崎と桂浜に挟まれた細い水路を通る。種崎と桂浜の間には浦戸大橋がかかっていて、フェリーはこの橋を通過する。俺は、夜走狂や東野さんの仲間らに声をかけ、浦戸大橋に単車と車合わせておよそ一〇〇台を集結させ一キロ以上ある橋にずらりと並べた。勝手に工事中の道路のように片側一車線通行にし警備を行った。橋を渡る車は「一体何事だ」と言わんばかりに、俺たちを眺め、不審な顔をして通過していった。

東野さんらも、よほど飛ばしたのであろう。通常フェリー乗り場から浦戸大橋までは、片道二十分はかかるが、十分強で到着した。

俺は、釣り船屋からでかいサーチライトをいくつも借り、仲間に分担して持たせフェリーの航路を照らさせた。フェリーは御畳瀬の排水機場前を緩やかに曲がると橋の上からも全貌が見えた。俺が仲

間に合図を送ると一〇〇台の単車と車は一斉にヘッドライトを点灯させ、フォーンを力いっぱい鳴らした。

「竜二！　頑張れよ！」

仲間たちは、耳をつんざくようなフォーンの洪水の中、あらん限りの大声で叫ぶ。

俺は、浦戸大橋にかかる金網に十メートル以上にも及ぶ横断幕を引っかけた。

「いつも一緒じゃ！　がんばれ竜二」

下手くそな字で我ながらクサイ言葉を書いた。

豆粒のように小さく見える竜二が甲板の上から必死に手を振っているのがわかった。

「あいつ絶対泣きゆうぞ」

東野さんと顔を見合わせ笑った。

昼咲月見草

「おう、高橋。ええとこで会うたでよぉ。おまえのチン毛くれや」
パチンコ屋からすっからかんになって出てきた僕は、突拍子もない声をかけられてギョッとしました。人目につかぬようわざわざ高知市の西端朝倉本町まで来たのに、こんなところで一体誰だ。パチンコ屋のだだっ広い駐車場の鉄筋の柱の陰から突然ぬっと目の前に現れたのは、喧嘩も度胸も女のモテ度もピカ一と言われる、二つ年上の東野先輩でした。

東野さんは、夜になっても一向に気温が下がらない梅雨の蒸し暑さの中でも涼しい顔で、グッチのTシャツと黒の綿パン、そして足元は今やプレミア付きでも手に入らないと言われているナイキのエアマックスで決めていました。小さな顔に切れ長の二重、一八〇センチを超えるすらりとした身長は、夜目にも東京の人のようでした。

「東野さん、こんなとこで何しゆうがですか」

僕は焦り、かっこ悪さから逆質問でごまかすと、「そりゃあ俺も色々用事はあるわや。そんなことはえいき、おまえのチン毛を分けてくれや」と、ニヤニヤと不敵な笑いを浮かべて意味不明なことを言ってくるのでした。

「チン毛て、何をいゆうがですか。そんなん嫌ですよ。チン毛を何するがですか」

僕は味方につければ百人力、敵に回したら地獄を見ると言われる東野先輩を怒らせぬよう言葉を選びながら、なんとかこの状況から逃げようと必死に算段していました。

「何するって、売るがよや。おまえのチン毛を女のあそこの毛じゃゆうことにして、マニアに売りつけるがよ」

「あそこの毛を売るがですか？　そんなん金出して買う奴がおるがですか？」

「そうよ。おまえ『ブルセラ』って東京の方で今流行っちゅうのを知らんがか？　高知じゃあ店は出せんき、最近話題になっちゅう、インターネットで売りゅうがよ。これがようけ売れてにゃあ。俺らチン毛が皆のうなってしもうてよ。それやき新しいチン毛探しょったらおまえに会うてしもうたわけよ」

東野さんは、馴れ馴れしく肩を組みがっちりと引き寄せると、シャネルのエゴイストをプンプン匂わせながら鋭い眼力で、

「これも何かの縁やにゃあ。それやきおまえのチン毛くれや。小遣いぐらいやるきよ」

「はぁ、そんなことしゅうがですか」

僕は口の中でもごもご言うのが精一杯で、結局は事務所までついて行ってしまいました。東野さんの強引さと「小遣いをやる」の一言にあらがえなかったのです。

こうして世間が阪神・淡路大震災と地下鉄サリン事件で大騒ぎしている中、小学校の田舎教師の僕は、三十歳にもなってチン毛売りになったのです。

僕は、代々教師の家庭に生まれた末っ子長男です。地元の名門高校で校長まで務め、何かと地域の顔役の祖父(じい)さんは、「高橋家のもんは、みんな教育者になるがあたり前じゃ」という頑固者です。僕の母さんは二人姉妹の長女で、大人しくて優等生、父親のどんな理不尽な命令にも黙々と従うことが自分の定めと思っている人です。

祖父さんの呪縛(じゅばく)から逃げ出し、高校を卒業すると逃げるように東京に出て所帯を持った叔母(おば)さんは、僕が遊びに行くと「姉さんはようあんなところで暮らしていけるねぇ」「あんたの母さんは良(い)い子ちゃんやきね」と、馬鹿にしたように言っていました。

母さんは、親のすすめる温厚だけどクソ真面目な物理教師の父さんを婿養子に迎えると、僕らが生まれました。

僕の二人の姉さんは、それこそ品行方正、成績優秀でしたが、姉さんたちは結託して東京の大学に進みました。上の姉さんはこっそり受けた東京の大学以外、地元の大学はわざと落ちました。祖父さんは、東京行きに猛反対で、烈火のごとく怒鳴り散らしていました。

「女の子が浪人してまで四年制大学を出たら、嫁にもろうてくれる人がおらんなりますき」

父さんが控えめに反論すると、祖父さんも渋々と矛(ほこ)を収めました。当時はまだ『クリスマスケーキ』なんて言われて、女は二十五歳までに嫁に行けなければ売れ残りと世間で思われていたのが功を奏しました。

下の姉さんはもっと過激で、東京に行かせてくれなきゃ死ぬの生きるのの大騒ぎで、毎晩のように祖父さんと大喧嘩をしていました。そこへ上の姉さんが加勢して、「大学を卒業したら必ず高知に戻ってくるから」と説得し、結局東京の大学に行ってしまいました。

祖父さんは可愛い孫娘の突然の反旗に腸が煮えくりかえり、父さん、母さんに「育て方がいかん」「甘やかしすぎじゃ」なんて顔を見れば文句を言うようになりました。もちろん姉さんたちは大学を卒業しても実家になんか帰ってきやしません。東京で花のＯＬになりました。こうして一人逃げ遅れたのが上の姉さんから六歳年の離れた弟の僕です。

姉さんたちの騒動や、その後の祖父さんと両親の確執を考えると、できの悪い僕のことだし、他にやりたいことがあるわけでもないし、「田舎教師」が上出来かと自分に言い聞かせることにしました。僕が地元の大学に合格すると、祖父さんが珍しく機嫌の良い顔をし、地元の小学校に採用が決まると、就職祝いと称して三〇万円も包んでくれました。父さん、母さんは、祖父さんの上機嫌や大盤振る舞いに眉をひそめながらも、ほっとしたようでした。

今の僕の唯一の息抜きはパチンコです。

大学生になると暇な時間が増え、バイトだサークルだと大学以外の時間に精が出ます。僕もご多分にもれず、地元の居酒屋でバイトをしながら、時々女の子と遊んだり、男同士で飲んだり、バイクに乗ったりと、そこそこ地元の青春を楽しんでいました。パチンコ好きな友人がいてつきあわされたのがきっかけで、パチンコにも行きましたが、正直、面白いものとは思いませんでした。

大学を卒業すると、友人たちの殆どは東京や大阪に就職するため高知を離れて行きました。もちろん高卒で地元に残った、東野さんらのような友人や先輩後輩もいましたが、どちらかというと地元愛が強い人たちはヤンキーと呼ばれる不良が多く、真面目にも不良にもなれなかった中途半端な僕は、地元にいながら友人と呼べる人がいなくなってしまいました。

教師生活が始まると、ストレスの連続でした。

両親が教師だったので、一般の人が思う、夏休み、冬休み、春休みにたっぷり休める気楽な職業とまでは思っていませんでしたが、実際は気楽どころか、気遣いの連続で、多忙で重労働でした。

僕の小学校は、文武両道を掲げる元体育教師が校長だった時代に、始業前に「全校マラソン」などという馬鹿げたことをぶち上げ、それが伝統になっていました。そのため八時一〇分からの登校時間が、八時に繰り上がり、朝礼までの十分間、全校児童で校庭をぐるぐる走るという地獄の所業に教師もつきあうことになっていました。教師の出勤時間は七時四〇分、しかもこんな早朝から若手男性教師の僕は、毎朝率先して走らされています。その上、遠足とか、社会科見学があれば、下見だタイムスケジュールだと、休日を使ってまで計画書を作らねばならず、担任を持たされれば、成績表からPTAまで管理業務が一気に増えます。

それでも平和なクラスの時はまだましですが、クラスに乱暴な子がいたり、成績表に納得がいかないと文句をつけるような保護者がいれば、放課後時間をとり家庭訪問で対応しなくてはなりません。早朝出勤にもかかわらず、業務は下手すれば夜の八時、九時まで続くのです。

何よりも一番大変なのは、先生同士の人間関係で、これが恐ろしいまでの縦社会なのです。児童会だとか、クラブ活動だとか、夏休みのラジオ体操からプール指導まで、教師の間で密かに雑用と呼ばれるものは若手が負担するものといった空気があります。

口角泡を飛ばして「教育とは」「子育てとは」と語る家庭科教師も、教育大出身が自慢の学年主任も、雑用は器用にするすると逃げてしまいます。僕はいつも無言の圧力に屈し、業務を次々と抱えていきました。教育に信念でもあるなら、滅私奉公も耐えられますが、僕にとって教師という仕事は、給料を貰えること以外、何の価値も見出せないものでした。

ストレスを解消するには昔から、飲む、打つ、買うと言われますが、高知の田舎町で教師という世間体を気にしなくてはならない職業に就いたら、酒と女はリスクの高いものです。酔っ払って羽目を外しすぎてしまったら責任問題になりますし、風俗店に出入りする姿など見られたら、あっという間に噂は広まります。酒や女の遊び場は、市内の小さな繁華街にしかないのです。その点打つ方、つまりパチンコは市外にも大型店があり、児童や保護者の目から逃れることができます。僕は、教職に就いてからパチンコ台の前で、何も考えずに目の前の玉に集中している時が、唯一ホッとできる居場所となっていきました。

最初は、ストレスが溜まった時だけ、たまの気晴らしでパチンコに出かけていましたが、そのうちストレスだらけの日々に疲れ、土曜日の午後と日曜日の休日は殆どパチンコ屋で過ごすようになりました。そうなると今度は休みの日に全く家にいない僕に、

「おまんは、どこをほっつき歩きゆうぜよ」

祖父さんが段々問い詰めるようになり、研修だなんだと言い訳するのもうっとうしくて、市内で一人暮らしをするようになりました。

「跡取りが家を出るとはどういう了見じゃ」

祖父さんは怒鳴り散らしていましたが、初めての本格的な反抗を強行しました。父さんと母さんは、祖父さんに当たられて申し訳なかったけれど、心配そうな顔をしながらも、何も言わずに送り出してくれました。

一人暮らしになって、実家の重苦しい空気から解放されると、しばらくはせいせいしてストレスが減りましたが、それも束の間、また週末のパチンコ通いがルーティーンになっていきました。さすがに今までと同じようにパチンコにつぎ込むと、給料だけでは生活費が足りなくなり、あっという間にわずかばかりの貯金も底をついてしまいました。

困った僕は「財布を落とした」「研修費が高いき、貸して欲しい」「同僚に金を貸したら返してくれない」などと様々な嘘をつき、母さんから金を引っ張りました。もちろんその場しのぎで、「必ずちゃんと返す」と約束するのですが守れたことがありません。一向に返済をしないので、ついに、

「直樹にはもうお金は貸さんぞね」

最後通牒を突きつけられてしまいました。

仕方なく、ドキドキしながら消費者金融を訪れると、意外なほど明るいお姉さんが、すんなり十万円を貸してくれました。なんでも教師というのは信用が高いので、初回から百万円まで借りることができると、増額までお勧めされてしまいました。僕はもちろん断りましたが、なんだか道が開けたような気がして、初めて教師になって良かったと思いました。

こうして借金生活になった矢先に、東野さんに出会ってしまったのです。

東野さんの飛ばす黒のクラウンの後を、僕が軽自動車で必死に追いかけていくと、高知の繁華街「帯屋町商店街」のとば口で車は止まりました。東野さんは路上駐車も気にすることなく、僕に降りるよう促すと、スタスタと歩いていき、古ぼけた雑居ビルに入っていきました。雑居ビルの一階は店

内がヤニだらけになった喫茶店、二階は麻雀(マージャン)屋、三階は看板がなく空き店舗のように見える東野さんらの事務所、そして四階には性感マッサージのお店が入っていました。

　一階の喫茶店で出すピザのチーズ臭が充満した古ぼけたエレベーターで三階に行くと、十坪ほどの事務所内は、女の子の制服や、パンティやブラジャー、いつも学校で見慣れているブルマや体操着が、ぎっちりと十本ほどあるハンガーラックにかけられ、あとはよくわからないガラクタや段ボールがところ狭しと置かれていました。部屋の奥にはスチールラックで区切られたスペースがあり、そこには最近よく聞くようになったパソコンなる代物と、家庭用のコピー機とＦＡＸが一体となった電話機、それに誰でも簡単に持ち逃げできてしまいそうな手提げ金庫が置かれていました。

　東野さんが、

「帰ったぞぉ」

　大声で事務所に入っていくと、中にいた男二人がハンガーラックの波間から顔を出し、

「お帰りなさい」

　威勢の良い返事をしました。

「おい、チン毛をスカウトしてきたきにゃあ」

　東野さんが嬉(うれ)しそうに大声を張り上げると、

「おぉ、やったぁ」

　男たちは喜びの声をあげました。

「こいつらは難波(なんば)と林(はやし)ゆうて、どっちも俺の連れよ。おまえらぁこいつは高橋ゆうて俺の連れやき、仲良う頼むぞぉ」

驚くほど明快な紹介をしました。

天然パーマで眼鏡をかけ、ぽっちゃりとしたえびす顔の難波さんと、坊主頭でがっちり体形、ナイフで切ったような細い目の林さんはとても愛想が良く、満面の笑みで僕を迎え入れてくれました。

「宜しゅうお願いします」

「はぁ、宜しくです」

僕は何が何だかわからず、どぎまぎしながら頭を下げました。面食らっている僕のことなどお構いなしで東野さんは、先輩社員に後輩の指導を指示するかのような口ぶりでまたしても仰天することを言い出します。

「難波、林、おまえらのチン毛見せちゃれや」

「いやぁ、えいですって」

僕が慌てて断ると、難波さんも林さんもげらげら笑いながら、

「なんちゃあ遠慮せんと」

あっという間にズボンを下ろし、ブリーフをずり下げるのです。

「ほら、見てくれや、もうチン毛のうなってしもうてよ、つるっつるのパイパンになってしもうちゅうがよ」

「あほか、おまえらだけじゃあるか、俺もじゃ」

東野さんまでがブリーフを下ろし、つるつるになった股間を見せ、三人で腹を抱えながら笑い転げているのです。

「まぁそんな訳やきよ、おまえのチン毛をくれや」

そんな訳やきってどんな訳じゃあ！

僕はこの状況をどう理解したら良いのでしょうか。

「とにかくもうちょっと説明して貰えんろうか」

僕のズボンを今にもずり下げそうな三人を押しとどめ必死に頼み込むと、

「面倒な奴やにゃあ」

東野さんはじれったそうに文句を言いながらも、チン毛の秘密を教えてくれました。

「難波はホテルマン、林は現役の自衛隊員をやりゆう」

僕は二人のバックグラウンドを聞き、それこそ目玉が飛び出るくらい驚きました。堅い職業の代名詞でもある自衛隊員とチン毛はどう考えても結びつきません。色々と突っ込みたくなる言葉をかろうじて抑えました。

「ほんなら、東野さんは、何をしゆうがですか」

「俺か。そりゃ俺は色々手がけてやりゆうわや」

涼しい顔で、あの喧嘩三昧だった東野さんが謎めいたことを言うのでますます不安になり震え上がりました。

このビジネスは、如才なく誰の懐（ふところ）にも入り込んでしまう難波さんが、ホテルのラウンジで酔っ払った客から話を聞きつけたことから始まったそうです。

「今、東京でよ、ブルセラゆうて、女の子の下着や体操着や制服を売る商売が大あたりしちよってよ」

酔客の酒臭い息に耐え、ご機嫌をとりながら詳しい話を聞き出すと、このビジネスはお金の匂いがプンプンしたそうです。早速、東野さんに伝えると、東野さんは連れでコンピューターに強い自衛隊員の林さんに詳細を調べさせました。するとブルセラは、店だけでなくインターネットでも販売されており、中でも人気のホームページを高知の人間が運営しているという事実にたどり着いたのだそうです。

　僕は完全なアナログ人間で、いまだに学校で各担任が作らされる「クラス通信」のワープロにも四苦八苦しているので、皆の口から飛び出す『パソコン』『インターネット』『ホームページ』などという専門用語はよくわからないというのが正直なところでした。

　林さんはちんぷんかんぷんな僕にはお構いなしにパソコンに向かうと、目をらんらんと輝かせ、すごい速さでかちゃかちゃとキーを叩(たた)いたかと思うと、ホームページとやらを見せてくれました。

「見てみいや、このカウンターによりゃぁ一日三千人もの人間がこのホームページを見ゆうがよ。品揃えも下着から制服まで色々ある。こんなことを同郷の人間がやりゆうとは、さすが土佐(とさ)の男は昔っから新しいもんには目がないきねぇ。俺らも追いつけ追い越せじゃ」

　と、雄叫(おたけ)びをあげました。

「なんでこのホームページを高知の人間が作りゆうがやとわかったがですか」

　僕は仕組みが全く理解できず尋ねると、

「俺はプロやきねぇ。プロがちょこっと調べりゃ、インターネットの世界じゃどっから発信しゆうか、そんなんちゃんとわかるようになっちゅうき」

　林さんは坊主頭を撫(な)でながら誇らしげに語り、その姿を東野さんも難波さんも頼もしそうに眺めていました。

こんな人が自衛隊の国家機密を扱ってもいいものでしょうか。

ブルセラサイトを見つけた三人は、

「同胞が時代を敏感に読んで、こじゃんと頑張ってやりゆうがやき、俺らも負けんと追随せんとにゃぁ」

希望に胸ふくらませ、女の子のパンティやブルマを売ることにしたそうです。

「ただパンティを売りゃあえいっちゅうもんじゃないき。段々ライバルも増えてきたき、創意工夫が必要じゃ。ほんで俺らは生パンティ一枚なら三千円。そこにオプションとして、女の子が一日はいたもんならプラス千円。さらによ、その女の子のあそこの毛ぇをつけちゃったらプラス二千円という方式を生み出したワケよ。ほいたらこれが大あたりしてしもうてよ。今度は毛ぇだけ欲しいゆう輩(やから)が出てきてしもうて、ほんであそこの毛ぇが品薄になってしもうてよ。もう仕方がないき、俺らのチン毛を売ることにしたがよ」

東野さんは〈どうよ〉と言わんばかりに自分のアイディアを披露しました。

「えっ、ということは客は女の子の毛じゃ思うて、東野さんらぁのチン毛を喜んで買いゆうがですか」

「ほうよ。俺らのチン毛でぇすと言うてしもうたら誰が買うか。『顔出しはせんでえいき』ゆうて、モデルになってくれる女の子を口説いて、その子の胸元とか尻のあたりを色っぽく写真を撮ってやにゃあ、その子のあそこの毛やゆう風に見せかけて売るがよや。ほいたら俺らのチン毛がバカ売れして大繁盛じゃ」

三人はがははっと馬鹿笑いをしています。

「その毛を買うて、お客はどうするがですか？」

「そんなもん知るかや。マニアゆうがは、想像力が豊かやき。色んなことを考え出すもんやきよ。お客さんらの想像力に応えちゃらんと、商売は成り立たんきにゃあ」

今度は腕を組み目を閉じて深々とうなずくと、難波さんも林さんも、社長訓示を聞く新入社員のごとく有難く拝聴していました。

僕は聞けば聞くほど〈そんな商売はまっぴらごめんやき〉と逃げ腰になりましたが、その僕の内心を見透かしたように、

「おんしゃあのチン毛をこのフィルムケースに五本入れや。ほいたら一個につき今回だけは特別に五百円をやるき。どうなや、十個作ってきたら五千円やぞ。百個作ったら五万円になるがぞ。えぇ小遣い稼ぎになるろがやぁ」

僕はこの言葉につられ思わずうなずいていました。

まだ給料日まで二週間もあるというのに、パチンコの負けが込み、今月の給料を使い果たしてしまった僕は、何とか金を作ろうという思いで一生懸命「チン毛詰め」に精を出しました。一人暮らしのアパート生活なので誰も見ていないとはいえ、もあっと汗臭い匂いのするブリーフをずり下げ、チン毛を一握りハサミで切り落とした時はさすがに羞恥心が込み上げてきました。チン毛が散らばらないように新聞紙の上にそっと広げると、東野さんから貰ってきたフィルムケースに五本ずつ詰めていきました。

まともに考えると〈僕は何をやりゆうがやろう〉と心が折れそうでしたが、背に腹は代えられない

と、一生懸命正気にならないよう栗焼酎をあおりながら、なんとか百個の「チン毛ケース」を作り終えました。

翌日、職場の小学校から一目散にアパートに戻ると東野さんに電話を入れ、チン毛ケースを事務所に届けに行きました。途中、児童や保護者に会わないことだけを願い、帯屋町商店街のやけに明るいアーケードを、この上なく後ろ暗い気持ちで素早く歩きました。事務所の雑居ビルに着いても、麻雀を終えた近所の親父（おやじ）や、性感マッサージで一発抜いた同級生などに会うのではと思うと怖くてエレベーターは使えず、階段を駆け上がり事務所に滑り込みました。

事務所で待っていてくれた東野さんは、僕のチン毛ケースを受け取り、一つ二つ中身を確認すると「おぅ、ようできちゅうじゃか。また頼むぞ」と嬉しそうに笑い、五万円を取っ払いで渡してくれました。僕は、金ができた安堵（あんど）感でいっぱいになり、思わず「はい！」と元気よく明るい返事をしてしまいました。

「緊急事態発生じゃ」

東野さんからドスの利いた声で呼び出されたのは三日後のことでした。僕は放課後になると慌てて事務所に駆けつけました。

「東野さん、緊急事態とは何があったがですか？」

恐る恐るドアから顔を出し尋ねると、東野さんと林さんが額を合わせて何やら真剣な顔で話し合いをしていました。

林さんがまるでアフガニスタンの戦場で出会ったかのような厳しい顔で、

「おんしゃあのチン毛はカールがきつうてよ。マニアから『これは女の毛じゃないぞ』ゆうてクレームがついてしもうたがよや」

僕をいかにもマヌケだと言わんばかりに睨みつけました。

なんでも僕のチン毛は「恥ずかしがり屋で甘えん坊の美姫ちゃん十八歳」という触れ込みで、顔に目隠しを入れたランジェリー姿の女の子の写真をアップして売り出したそうなのですが、美姫ちゃん目当てで買ったお客さんの一人が偽物だと気づき、クレームを入れてきたというのです。

東野さんは僕のチン毛を躊躇なくつまみ、しげしげと眺めながら、大学教授のような威厳で、おごそかに見解を述べました。

「男と女のあそこの毛にそんな違いがあるとは思わんかったわ。これでクレームがインターネットの掲示板で広まってしもうたら、今後の信用問題にかかわるき。なんとかこのチン毛を女っぽうできんか研究せんといかんにゃあ」

僕は、チン毛に信用問題もくそもあるかと腹が立ちましたが、五万円を返せと言われては困るのと、二人の真剣なまなざしを見るととてもそんな反論はできませんでした。

重い空気を破るように、難波さんが、

「貰ってきましたぁ」

満面の笑みで戻ってきました。

「おう！　貰うてきたか。はよう実験してみぃ」

東野さんも急に元気になりました。何事が始まるのかと固唾を呑んで見守っていると、チン毛のカールがきついのなら、

「ストレートパーマをかけたらえいろがえ」

と難波さんが思いつき、薬液を東野さんのガールフレンドでもある美容師から貰ってきたというのです。

三人は僕のチン毛をフィルムケースから取り出すと、その辺にあった体操着の上に広げ、いきなり液を振りかけました。さらに液のかかったチン毛に低温に設定したアイロンをあてると、縮れ毛はキュッとストレートになったのです。

「おぉ、良い具合やにゃあ」

「これでいけるねぇ」

歓声があがり、残りのフィルムケースからもチン毛を取り出し、作業に取り掛かりました。僕は〈これが三十過ぎの男らぁのやることか〉とあきれ果てながらも責任を感じ、チン毛延ばしをせっせと手伝いました。部屋の中は焦げ臭い匂いが充満し、パーマ液が目に染みて涙が滲(にじ)みました。


僕は、こんなことをしていていいのだろうかと毎日自問自答しながら、ブルセラをずるずると手伝うようになりました。僕のチン毛がなくなる頃には、女の子の様々なポーズの胸やお尻や脚の写真に、『ちょっとエッチなことに興味がある十八歳です。寂しがり屋なので、優しく包んでくれるような彼氏を募集中です』『三十歳人妻です。旦那は単身赴任中。毎日退屈しているので刺激的なことがしたいな』などとキャッチーなコメントを難なく考えられるようになりました。

「さすがにおんしゃあ学校の先生だけあって文章がうまいわぁ。男心をくすぐる才能があるにゃぁ」

東野さんは僕を手放しで褒(ほ)めてくれました。こんなことで褒められても仕方がないのですが、褒められたことのなかった僕は少し嬉しくなり、またせっせと釣りコメントを考えてしまうのでした。

東野さんらは僕の葛藤などどこ吹く風で、自分たちの仕掛けに騙され金を払う男たちを笑いながら、小遣い稼ぎに精を出していました。僕は駄目だと思いながらも、元来の真面目さからやりだすと責任をもってやってしまいました。しかもアイディアが次々と湧いて創意工夫までこらしてしまうので、重宝がられる存在になっていきました。

チン毛にケチがついたので、「ホームページを一新しましょう」と提案したのも僕でした。

これまでは商品代金は東野さんの口座に振り込みさせていたのですが、お客さんからみれば〈ヒガシノ　コウタロウ〉などといういかにも日本男児らしい名前を見たら興ざめです。これではチン毛と見破られても仕方がありません。

「難波さんは〈ナンバ　シノブ〉と中性的な名前やき性別がわかりません。振込口座は難波さんの名前で作りましょう。ほんで今度のホームページは〈ＳＨＩＮＯＢＵ〉をリーダーにした、女の子のサークルのような形にするがです。そうしたらＳＨＩＮＯＢＵは実在の人物のように思われます。サークルの名前は〈美ゅてぃクイーンズ〉はどうですかねぇ。これやったらいかにも女の子が考えそうなサークル名ですき。これをこのまんまホームページのタイトルにもしましょう」

僕のよどみないプレゼンテーションを聞き終えた三人から歓声があがりました。

「おぉ！」

「おんしゃあは、まっこと男心をわかっちゅう天才やにゃあ」

「さすが先生の悪だくみは抜け目がないのう」

僕は、三人の屈託ない褒め言葉を、屈折した気持ちで聞きました。

新ホームページのコンセプトは大当たりし、順調に売り上げを伸ばしました。僕の分け前は月十万円にまで増え、サイドビジネスで金が入るようになると、ますます金銭感覚が麻痺していきました。借金をしてもブルセラで稼いで返せばえいかと考えるようになり、平日の夜にもちょくちょくパチンコに行ってしまうようになりました。


学校が夏休みになり、ラジオ体操とプール監視の仕事を午前中に終えると、午後からブルセラの手伝いをするようになりました。音だけが大きく響き、いっこうに涼しくならないクーラーに腹を立てながら、東野さんと二人、黙々とお客から受注のあった商品を梱包し発送していると、送り先が大手メーカーの社員向けになっているＦＡＸが来ていました。

「これ、間違えちゃあせんですかね。宛先が職場になっちゅうけんど」

「あぁこのお客さんは常連さんやき、これでえいき。仕事が忙しゅうて宅配便を受け取る暇がないき、職場に送って欲しいがやと」

「珍しい人もおるがですね。普通、会社名がバレる方が恥ずかしゅうないろうかねぇ」

「この客にしたら、それだけこれが大事やゆうことながやろう。会社の同僚にバレるがより、一日も早う制服やパンティが欲しいがよや」

「信じられん人ですねぇ。もしこんなんがバレたら僕やったら恥ずかしゅうて会社にようおらんですよ」

「そりゃぁもうバレちゅうろうにゃあ。おかしい荷物がしょっちゅう届きよったら噂になっちゅうにきまっちゅうろが。バレちゃぁせんと思うちゅうがは本人だけよや」

「うわぁ、こじゃんと恥ずかしいですやんか」

僕がおちゃらけてオーバーリアクションをとると、東野さんは例の鋭い眼力で、

「おんしゃあのパチンコもバレちゅうぞ」

ぼそりと低音でつぶやきました。

大量に噴き出していた背中の汗が、一瞬で冷や汗に変わりました。


ブルセラは順調に売り上げを伸ばしていましたが、飽きられないよう常に試行錯誤を繰り返していました。ホームページにアップするモデルの女の子の写真も、これまでは胸やお尻、脚など男が好きなパーツを撮影していましたが、進化系を編み出し、上手に顔を隠しながら、警察官や看護婦などの制服を着せる制服シリーズ、クレーン車やトラックに乗ったガテン系女子シリーズ、レオタードやスポーツウエアを着たアスリート系やアニメのコスプレシリーズなど様々なバージョンを取り入れていきました。するとこれがまた大あたりしたのです。そして僕はさらなるアイディアを思いついてしまいました。

「モデルの女の子の写真をお客さんのリクエストに応えて売るがはどうですろうか? 例えば『沙也加ちゃんにナース服を着て欲しい』と言われたらその写真を三ポーズ二千円で売るがです」

「おぉ、それ面白いじゃか」

「おんしゃあ、げにまっこと発想が豊かやにゃあ」

「こりゃ教師にしちょくのはもったいないでよ」

三人からまたしても悪気なく、罪悪感でいっぱいになる褒め言葉を浴びせられ、リクエストコーナーは無事開設にこぎつけたのでした。

案の定お客からはリクエストが次々と寄せられ、中には「ジュリアちゃんの、耳の写真を送って欲しい」と一風変わった要望も届きました。

「耳？　耳の写真を送って興奮するがか？」

「さっぱりわからん。まぁわからんけんど簡単でえいか」

僕らは半信半疑で『ジュリアちゃん十九歳。ヨガインストラクター　身体（からだ）が柔らかいのが自慢です』という触れ込みの、実は、僕の同級生で小学校から意地が悪く男子の前だけでは可愛（かわい）子ぶっていた三十歳のユリに、耳の写真を撮らせて貰い送りつけたのでした。

ユリは子供の頃から、お嫁さんになるのが夢でしたが、仲間外れにされている女の子と班が一緒になると「夕子（ゆうこ）ちゃんと同じ班は嫌」と言って泣き出し、同情をひくような性格の悪さがありました。すぐに泣き出すけれど、涙は流れていなくて「嘘泣きのユリ」と一部で陰口を叩かれていましたが本人は一向に気づかず、ぶりっこを演じ続けていました。

高校卒業後は家事手伝いと称し、同級生が仕事のポジションや家庭を築く中、ユリ自身は三十歳の現在も何もせずぶらぶらしていました。結婚が早い高知では、同級生の女子らは子供が二人、三人といるのも珍しくなく、ユリは家族にも「早う嫁に行け」と言われるようになり、段々肩身が狭くなっているようでした。

ユリとはパチンコ屋で再会しました。

僕はいつも学校のある市の中心部をさけ、市街地へ遠征していたのですが、夏休みは特に児童の保護者に見つからないよう、南国市まで足を延ばしていました。この日は日曜日で久しぶりにラジオ体操も、プール監視も、ブルセラも何もなく、新台入れ替えののぼりが立つパチンコ屋に開店前から並びました。すると新しい台は面白いようにあたり、連チャン後は安全策をとり、さくっと切り上げて換金所に向かいました。そこでばったりと出会ったのがユリでした。お互いバツが悪く、苦笑いをしました。

「ユリ、久しぶりやにゃあ」

「高橋君、元気やったかぇ」

ぎこちない挨拶を交わしたのですが、秘密を共有してしまったからか、ユリの方から、

「高橋君、よかったらお茶でもせんかぇ。あたしよぉ、死ぬほど暇でよぉ」と誘ってきました。僕は誰に対してもNOを言うのが苦手なので、言われるがままなんとなくお茶につきあうことになりました。

パチンコ屋の隣にある大きなショッピングモールのフードコートで、お好み焼きや、ラーメンの美味しそうな匂いが立ちこめる中、僕たちはマックのアイスコーヒーを飲みながらぼそぼそと話をしました。

ユリは、早々に嫁に行くはずだったのになぜか縁に恵まれず、今では日がな一日パチンコで過ごすことが多くなったのだと、開き直ったように話しました。

男子の前では必ず小首をかしげ、目をぱちぱちさせながら、恥ずかしそうに話すユリはどこにもおらず、ストローでガシガシと氷をかき混ぜ、ズズッと平気で音を立てて飲み干す姿に僕は内心目を丸

くしていました。

「高橋君は、学校の先生になったがやろ。ええねぇ、公務員は安定しちょって」

「教師なんかええことあるか。ストレスだらけやきパチンコなんかやりゆうがよや」

ユリの変わってしまったあけすけな姿を見て、なぜかホッとし胸の内を明かしました。

「なんちゃあ目標もないまんま、なんとのう代々続く教師になってしもうてよ。そんな賢いわけでも、子供が好きやったわけでもないのに学校じゃ教育熱心なふりをせんといかんし。人生これでえいがかと毎日葛藤しまくりよ」

「ふうん。高橋君は学校の先生が天職かと思うちょったけんど。お互い親の期待に応えんといかんがは辛いよね」

「それやきストレス溜まりすぎて、パチンコで借金だらけよや」

「あたしは、借金まではいかんけんど、毎日プライドはすり減っちゅうで」

首をすくめ、お互いの境遇を自嘲気味に笑いました。

「あぁ、竜二が羨ましいよにゃあ。あいつは親のしがらみもなんちゃあのうて、東京で好きにやりゆうきにゃあ」僕が同級生の名を口にすると、

「そうやねぇ。あたしもこんな田舎でぶらぶらせんと、なんか刺激的なことがしたいちや。このまんまやったら世間体ばっかり気にしてしもうて、人生が終わってしまいそうやねぇ」

伏し目がちにストローで小さくなった氷を突っつき続けるユリに、僕はふとブルセラのことを話したくなりました。

「ユリ、実はよぉ、俺、東野先輩と一緒にブルセラゆう商売をやりゆうがやけんど」

声をひそめ前のめりになった僕に、ユリは耳を寄せ聞き入りました。僕が話をしていくうちに段々と目が輝き、最後にはあの小学校の頃の意地の悪い、女王だったユリの顔にすっかり戻っていました。

「それ面白そうやんか。高橋君あたしもアホな男を騙くらかして、お小遣い稼ぎしたいちゃあ。ねぇあたしもモデルの一人に入れてや」

半分は予測していた通り、ユリは仲間に入りたがりました。

「まぁ、東野先輩がえいゆうたらえいよ」

僕は、あの何も考えていない三人ならええと言うに決まっているのに、一応もったいぶって答えました。ユリと一緒にブルセラビジネスをやると思うと、抱え込んでいた罪悪感が少し軽くなる気がしてわくわくしました。


ユリの耳の写真は好評で、送りつけた客からは「今度は、耳かきしているビデオを送って欲しい」と依頼がきました。

「ビデオはオプションになりますので一万円になります」

高値を吹っ掛けても、客はそれでも良いと言い、僕らは大喜びでユリの耳かき姿を映像に収めました。その上「他にも耳好きという男はおるのかもしれん」東野さんが言い出し、試しに「ジュリアちゃんのセクシー耳かき」と題してビデオを販売してみると、これがヒット商品になったのです。世の中には様々な性癖があるものだと僕らは感心しました。

ユリがすっかりプライドを取り戻し、

「あたしの耳は男をそそるがやね」

小鼻をふくらませると、女の扱いに関しては天下一品の東野さんは、単純なユリを持ち上げてやることに如才なく、

「確かにユリちゃんは、育ちのよさそうな上品な耳をしちゅうき、この耳を見たら男はみんなユリちゃんをものにしとうなるがよえ」

バカバカしいくらい見え透いたお世辞を、面と向かって堂々と言ってのけました。東野さんを心から尊敬します。

こうしてユリは、浴衣(ゆかた)を着たり、ナース服を着たり、あげくの果てには色っぽく見える演技まで研究しながら、ウキウキと耳かきを続けました。ユリがパチンコ屋で出会った時より、どんどん綺麗(きれい)になっていくのが、鈍感な僕の目にもはっきりとわかりました。

夏休みも終わりに近づき、新学期の準備に追われるようになりました。ラジオ体操も、プール監視も終わっていましたが、新学期には、「行事予定表」や「二学期の心構え」など毎年どっさりとプリントを作成しなくてはなりません。新学期に向けた職員会議も始まります。必然的にブルセラの仕事は夕方からになりました。

この頃には商品開発やマーケティングといったメイン業務は全員でやり、林さんがホームページの整備、難波さんが下着やブルマなど商品の買い取り、僕と東野さんが発送や客とのメールのやり取りと業務分担も決まってきました。自然と僕は東野さんと二人で作業をすることが多くなりました。段々親近感が湧いてきて、梱包作業が遅くなると二人で晩飯を食べて帰る仲にまでなりました。

「腹減ったにゃあ。飯でも食いに行くか」

その日も東野さんから誘われ、帯屋町商店街に古くからある行きつけの居酒屋に行くことにしました。東野さんは「後輩に金を払わせるようなみっともないまねはせん」という昭和の男です。年がら年中金欠の僕はこの男気に何度も食費の危機を救われていました。

縄暖簾(なわのれん)をくぐると店内はいつものことながら地元の客でいっぱいで、煙草(タバコ)の煙と酔っ払いの酒臭い匂いが充満していました。大声でしゃべりながら強い酒をあおり、あちらこちらで「乾杯！」だの「返杯！」だのと酒を勧め合っていました。土佐の高知では酒が飲めないとバカにされ、豪快な無頼漢こそが尊敬されます。土佐っぽたちは酒豪をあえて演じるような節があります。

　僕らは、丁度空いたばかりの角席に陣取り、壁に貼られたヤニで黄ばんだ短冊形のメニューを見ながら、鰹(かつお)の叩き、うつぼの唐揚げ、いも天とゴボ天、川エビの唐揚げといった高知の郷土料理と、土佐鶴(とさつる)を冷やで注文しました。

　酒が運ばれると、ヤニだらけの壁にもたれながら共通の知り合いの噂話や、ブルセラショップの珍妙なリクエストを笑い話にグイッとあおりました。僕は、今の時期の戻り鰹にはまだ早い脂の少ない叩きを、スライスしたニンニクと生姜(しょうが)醤油で食べるのが好きで、酒がすすみました。東野さんは「骨が強うなる」と信じ、いつも一気に三人前頼む川エビの唐揚げを、バリバリと音を立ててかみ砕きながら酒で流し込んでいました。

　酔いがまわると段々気が大きくなり、

「東野さん、本業は何をしゅうがですか？」

　僕は思い切って聞きたかった疑問をぶつけました。

「俺か。俺は高知の限界集落を支援する会社をやりゆうよ」

「えっ、そんなことをやりゆうがですか。それって正規の商売ながですか」

あまりに意外な答えに驚き、矢継ぎ早に失礼な質問をしてしまいました。

「阿呆か、不良の会社なんかいまさら作るわけないやろうが」

あきれたとも、しょうがない奴やとも取れる苦笑いをしながら答えてくれました。

「高知には豊かな農作物がこじゃんとあるき。生姜や柚子は有名やけんど、文旦や、小夏、碁石茶みたいな他県にはないもんもある。けんどよぉ、若い者はみんな都会に出て行ってしもうて後継者がおらん。まぁそれもあたり前じゃ。なんせ高知県は全国的にみても所得の低い、稼げん県やき。稼ぐためにはおんしゃぁみたいに公務員になるぐらいしか道はないわにゃあ」

「はぁ、まぁ公務員も思うちゅうほど稼げんですけど」

「それやき質の良い農作物を売れる加工品にして、高知ブランドを作り上げるがよや。そいで儲かる産業を創って、限界集落に若いもんを呼び戻す。これが俺の仕事じゃ」

「東野さん、失礼ですけんど意外でした。そんなことを考えてやりよったがですか。それでその仕事は上手くいきゆうがですか？」

「まぁまぁやにゃあ。まだこれからやけんど」

僕は少年時代特攻服を着て暴れ回り、鑑別所に入り、喧嘩では負けなし、十対一で闘ってあばらと左腕を骨折しながら相手を打ち負かしたという武勇伝を持つ東野さんと、目の前で限界集落の未来を語る東野さんがどうしても同一人物と思えませんでした。

「その仕事は親のコネかなんかがあるがですか。東野さん、昔あんだけ暴れちょって、ようそんなまともな仕事に就けましたね」

「阿呆、コネなんかあるわけないやろ。自分で色んなとこに、パイプ作っていったわや」

「そうながですか、全部一人でやったがですか。ほいたら、ご両親は何をしゅう人なんですか」

僕は興味が抑えきれなくなり、酔った振りをして普段なら絶対に聞けないような踏み込んだ質問をしました。

「俺の父親は新聞記者で、母親は大学教授よ。ついでに言うたら兄貴は捜査一課の刑事じゃ」

東野さんは心底可笑(おか)しそうに笑いとばし、

「俺は、東野家で毛色が全く違う唯一の自由人やき。言うちょくけんど、あの家で一番まともながは俺やき」

驚く僕を見てからかってくるのでした。

「そんなちゃんとした家やったら、子供の頃から、将来は安定した道に行けとかうるそう言われんかったですか。東野さん、よう勘当されませんでしたね」

「なんな、ちゃんとした家って。俺もちゃんとしちゅうろが。なんじゃ勘当って。そんなもんされても痛(いと)うもかゆうもないわ。第一、なんで親の機嫌をそんな気にせんといかんがな。別に親がどう思うちょろうが、自分のことやきただ好きにしゆうだけよや」

東野さんの堂々とした生き方、言葉がまぶしすぎて、痛すぎて、僕は黙りこくってしまいました。

「おまえは親に学校の先生になれって言われてなったがか」

「いえ、空気を読みすぎてなったがです」

東野さんと飲んだ次の日から僕は毎日パチンコ屋に通うようになりました。

学校で職員会議や新学期の準備が終わると、すぐにパチンコ屋に行き、事務所に向かうのは夜の十時過ぎになりました。

「仕事が忙しゅうなって」

僕の言い訳を気にする風もなく、東野さんらは明るく、エロ話と馬鹿話をふってきました。

家の空気を読んで親孝行のつもりで教師になったけれど、現実は不満だらけ。かといって他に進みたいと思う夢もない、僕は一体何がしたいんだろう。

心の中に閉じ込めていた葛藤に向き合ってしまうと、自分の人生が全部駄目だったような気がして、頭の中に浮かんでくる考えを追い払うためには、パチンコに通うしかありませんでした。給料が入っても家賃と借金を支払えば全てなくなり、新たな借金をすればそれをまたパチンコ代で使ってしまいました。借り入れをしている消費者金融はすでに三社に増えていて、借金総額は三百万円を超えていました。いくら公務員といえども自転車操業も限界です。金に窮してくると余計にイライラし、あたり散らしたい気持ちを抑えて学校とブルセラの往復を繰り返していました。

「こんなこといつまでもやりとうない」「こんなん最低の仕事じゃ」借金がかさむと、助けられているブルセラの仕事も苦痛になっていきました。くだらない仕事にまじめに取り組む、東野さんらにも腹が立ち、まわりの人全てを心の中で批判するようになりました。

祖父さんの言いなりになる両親、自分勝手に東京へと飛び出した二人の姉、批判の矛先は家族にも向き、自分が被害者のような、犠牲者のような気がして、自己憐憫（れんびん）の沼に落ちていきました。

新学期が始まり秋になると、教師は学芸会やら音楽会などの行事の準備に追われるようになります。

職員室でモタモタしているとまた雑用を押しつけられるので、これからは要領よく立ち回ろうと極力教室に避難するようになりました。

空気の湿り気が少しだけ減り、秋の気配を感じる教室で、夏休みの宿題に出した読書感想文の添削をしていると、ひぐらしのカナカナという透き通る鳴き声が幾重にも聞こえてきました。窓の外に目をやると、空が茜色に染まり始め、高知の自然が久しぶりに穏やかな気持ちを取り戻させてくれるかのようでした。

束の間の安穏に浸っていると、仏頂面の校長がすうっと入ってきました。とっさに嫌な予感がしました。

「高橋先生、給食を残さんと食べるようにと指導されちゅうがですか」

校長は表情を全く変えず、問いかけてきました。

「はい。食べられないものは最初から貰わないように、量も自分で調節して取りなさいと伝えています」

「和田涼子さんが、給食を全部食べられないので学校に行きとうないと言っているそうです。ついては行きすぎた指導を保護者に謝罪し、今後は給食を残しても良いと児童に伝えてきて下さい」

釈明などどうでもいいと言わんばかりに、校長は能面のまま指示だけを淡々と伝えてきました。僕は、教卓の下でぐっとこぶしを握りしめると、従順な笑顔で答えました。

「わかりました。早速これから謝罪に行ってきます。最近の子供の指導は難しいですね」

「時代じゃき時代。教師の威厳なんかもうどこっちゃあにないよ」

校長はいかにも、自分の定年退職まで面倒を起こさないでくれと言わんばかりに「じゃ、頼んだよ」と一言だけ残し出て行きました。

　僕は添削の途中だった感想文の束を教卓の引き出しに投げ入れ、音を立てて勢いよく閉めると、そのまま児童の家に一目散に向かいました。

　軽自動車をすっ飛ばしながら、今年解散を発表したブルーハーツを大音量で流し、ヒロトのように喉から血が出るくらい大声で歌いながら「解散じゃ、これで解散じゃあ」と大声でわめきました。

　和田家では最小限の時間でこの苦痛の儀式を終わらせようと、手ぐすね引いて待ち構えていた母親の嫌味を聞き流し、鼻が曲がりそうな安っぽい香水の匂いに耐え、一切言い訳も弁解もせず形ばかりの謝罪を済ませ、そのままパチンコ屋へと直行しました。

〈ふざけるな。ふざけるな。ふざけるな〉〈なんで俺ばっかりこんな我慢をせんといかんがな〉〈真面目にやりゆう俺が、なんで報われんがなや〉パチンコ台のレバーを怒りで震えながら握りしめると、月初にブルセラで貰った金を次々と突っ込んでいきました。パチンコ台は惨めな僕を嘲笑うかのように一度もあたりを出すことなく、あっという間に十万円を飲み込みました。金がなくなると迷わずＡＴＭに走り、限度額ギリギリになった三枚の消費者金融のカードを駆使して、なんとか更に十万円を作りました。こんなに我慢して頑張っている俺はそろそろ報われてもいいはずだと祈る思いでレバーを力強く握りましたが、神様は僕の声だけは聞かぬことにしているのか、あっという間に追加の金もパチンコ台に吸い込まれていきました。

　僕なんか生きていても仕方がない。

鏡のように美しい鏡川が、漆黒の闇に染まる真夜中、一人で土手に佇んでいました。

やりたいこともなく、仕事にも打ち込めず、パチンコやブルセラから離れることもできないくだらない自分の人生が、この先も気の遠くなるほど続くと思うと、こんな毎日は早く終わらせたい、消えてなくなりたい気持ちでいっぱいでした。

子供の頃、友達と緑の広場と呼んで遊んだ鏡川のこの土手は、いつだって来るとわくわくして、親や先生に叱られて少しくらい落ち込んでいても、あっという間に遊びに夢中になり、嫌なことなんかすぐに忘れさせてくれました。大人になった僕は、あの頃よりずっと多くのものを自由に手に入れられるはずなのに、何も持っていなかった小学生よりも、不自由で小さくて、足枷で身動きが取れなくなっていました。何でも受け入れてくれ、包み込んでくれた、緑の広場はもう僕のことなんか忘れてしまったかのように、静寂のまま何も語りかけてはくれませんでした。草むしたれんげの匂いだけがあの頃のままでした。

堕ちるところまで堕ちてしまおう。

これから先、自分の人生を自分で導いていくことは不可能だと結論を出し、とことん駄目になっていく道を選んで、誰かの手でこんな人生を終わらせて貰おうと決めました。

夜中の二時過ぎにブルセラ事務所に向かいました。三階まで階段で上ると心臓の鼓動がハッキリと聞こえ、口の中がカラカラに渇き、手のひらはじっとりと湿っていました。窓からほのかな明かりが差す薄暗い廊下で、ドアの鍵を回すとガチャッと音が響き、錆びた鉄扉をゆっくり引くと、キィッと嫌な音が鳴りました。

誰もいないとわかっていながら電気をつけることをためらい、薄暗闇の中をゆっくりと事務所の奥へ歩いて行きました。スチールラックの後ろに回ると、机の上には手提げ金庫がいつものように無造作に置かれていました。金庫ごと盗むか、中の金だけ頂くべきか、初めての窃盗にどうしたものかと一瞬躊躇しました。金を摑(つか)んでどこかに逃げよう。その先で警察に捕まろうと、野垂れ死にをしようと、なすがまま駄目になろう。そう決めて金庫に手をかけた瞬間、部屋の灯(あか)りがパッとつきました。

「どうしたがなお前」

東野さんの声がし、僕は、漫画のようにビクンと身体を硬直させると、慌てて後ろを振り返りました。

「東野さんこそ、どうしよったがですか」

「どうしよったがって、発送作業を根詰めてやりよったら疲れたき、ここで寝よったがよ。おんしゃあの本業が忙しゅうなってきたき、こっちの用事が増えて大変よや」

にやりと片頬(かたほお)をあげながら皮肉を言う東野さんの足下には、仮眠に使ったらしい段ボールが数枚無造作に敷かれていました。

「おんしゃあは、何しにきたがな」

「あっあの、大事なプリントがのうなってて。もしかして事務所に忘れちゃあせんかと思うて」

「変なことゆう奴やにゃあ。忘れもんを、真っ暗な中じゃ探せんやろがや」

「あっ、そうですよね。なんか焦っちょって」

予想もしなかった展開にどぎまぎして、目も合わせられず必死に取り繕うと、

「プリントのようなもんはなかったぞ。学校じゃないかや。よう探してみいや」

心底どうでもいいといった眠そうな口調で大きく伸びをしました。

「はい」

僕は、東野さんの目を見ることもできないまま、言葉数少なく、しっかり戸締まりまでして、すごすごと帰宅する羽目になりました。こうして窃盗事件はあっけなく未遂に終わりました。

翌日、堕ちていくことすらできず、人生の舵取りを失い、ただ霧に包まれた海を漂うようなぼうっとした気分のまま、惰性で学校に行きました。授業が終わり、児童たちが全員帰宅した頃、珍しく難波さんから学校に電話がかかってきました。

「職場にまで電話をかけてしもうてごめんよ。今日は発注が多いき、できるだけ早う事務所に来てくれんかと東野さんからの伝言ながやけんど。なんとか頼みます」

何事かと思い緊張した面持ちで受話器をとりましたが、拍子抜けする呑気な難波さんの伝言に「了解です」とだけ答えました。

午後六時。学芸会の準備で担任を持つ教師たちが、脚本や配役を検討する中、一人小さな声で「お先に失礼します」と職員室を後にしました。東野さんと会うことは気が重く、なんとか良い言い訳はないかと考えながら、結局断る算段ができぬまま事務所に着いてしまいました。

「お疲れ様です」

視線をリノリウムの床に向けたままボソボソと挨拶すると、ハンガーラックに埋もれていた東野さんがにゅっと顔を出し屈託のない笑顔を向けました。

「おう、忙しいとこ早う来てもろうて悪いにゃあ」

「いえ、大丈夫です」

あからさまに暗く不機嫌そうな返事をしても一向に気にすることなく、

「伝票がそこに溜まっちゅうき、頼むわ」

作業の手も止めずに、指示を出してきました。

二人っきりの部屋で黙々と発送作業に取り組んでいると、胸が苦しくなっていきました。怒りや、焦燥感、不安や妄想が限界になり、本音を叫ぶようにぶつけてしまいました。

「僕、もうこんな生活に嫌気がさしちゅうがです。皆なぁは、立派な本業をもっちゅうのに、こんなことをやっちょってむなしゅうならんがですか。僕はむなしゅうて仕方ないですき」

東野さんは、段ボールにガムテープを貼ろうとした手を止め、じっと僕を見つめると今まで見たこともない真面目な顔で問いかけました。

「嫌ならやめりゃ、ええじゃかや。なんでやりゆうがな」

「金がないきです」

「おんしゃあは、なんでそんなに金がないがな」

「東野さん、わかっちゅうじゃないですか。パチンコで借金があるがです」

「借金作るほど、パチンコやらんとおられんがか」

「説教はやめて下さい。自分が駄目なことは、自分がようわかっちゅうき。けんど僕は、パチンコがあったから毎日を乗り越えられたがです。わかって貰えんと思いますけんど」

「おまえ、我慢ばっかりせんかったらええじゃかや」

「えっ……」

「人間なんかもっとええ加減やし、楽しむことをやったらええわや」

僕は無性に腹が立ちました。

「人間はみんな我慢して、一生懸命生きゅうがじゃないですか。ええ加減でええわけないやないですか」

「俺は、楽しんでるし、我慢なんかせんし。嫌なことはやらんし、それで十分生きていけゆうし。難波だってそうよ、林だってお前よりよっぽど人生楽しんでやりゆうぞ」

僕は、ここにいる人たちは常識を知らない特殊な変わり者集団で、普通の人たちではない。普通の人はこんないかがわしい商売をしたりしないし、給料の範囲で我慢しながらやりくりして生きているのだと思わず大演説をしてしまいました。

東野さんは、笑いながら、

「俺らぁは、ブルセラやる前はおまえの言う普通の社会人や。それでもパチンコで借金なんかせんかったし、仕事も楽しんでやりよったき。本業に不満があったわけでも、金がなかったわけでもないし。ただ単に面白そうやからブルセラやってみただけよ」

もちろん僕の演説はお門違いで、東野さんに真っ正面から反論されると恥ずかしさのあまり下を向くしかありませんでした。

「えいかや、俺らは昼咲月見草よ。おんしゃあ知っちゅうか、昼間咲く月見草があること。それと同じよ。人間にも色んな種類があって、常識から外れちゅうやつもおるけんど、そいつらにもちゃんと花は咲くがやき」

どこにでもある月見草より、昼咲月見草の方が面白いじゃかや、そう持論を語りました。

「のう高橋。おまえはここでおまえの才能を発揮したやないか。ユリを耳かきスターにしたし、コスプレやリクエスト企画も成功させた。変わった性癖のやつを楽しませたじゃかや。おまえはクリエイティブな才能がある名プロデューサーやぞ。おまえ自身がもっと楽しんだらえいじゃかや」

「こんなもんで楽しめません、そもそも大したもんじゃないですき」

「いいや、おまえの才能は大したもんじゃ。教師なんかきっぱり辞めて、プロデューサー業にでも就いたらどうなや」

　単細胞で非現実的な東野さんにあきれ果て、ますます腹が立ち、

「とにかく僕はもう辞めます」

　怒鳴り散らすと、事務所を飛び出してしまいました。


　怒りが収まらず、謝る気にもなれず、僕はイライラした衝動を持て余していました。

　他に行くところもなく、結局パチンコ屋に行きましたが、肝心の金がなく、こぼれ玉を拾おうとすると、金髪の見るからに社会の落ちこぼれといった風貌の若者に蔑（さげす）んだ目で見られ、慌てて店を飛び出しました。

　あてもなく街をほっつき歩きながら、こんな時、電話ができるような友人もいない、悩みを相談できる家族もいない、高知という狭い街は、どこにいても知り合いに出会うのに、どこにもよりどころがない淋（さみ）しさをかみしめていました。

　日付が変わる頃、一人惨めなままアパートまで戻りました。鍵をノブにさすとドアの郵便受けに封筒が挟まれていることに気がつきました。母からの手紙でした。

「こんな時になんながな！」

僕は、手紙を掴むと、玄関先の廊下にひっくり返り、乱暴に封を開けました。

直樹へ

お久しぶりです。突然の手紙に驚いていることと思います。

あなたとじっくり話したいと思っていましたが、母さんは、自分の気持ちを伝えることが苦手です。日頃、子供たちには「気持ちを伝えよう」と指導しているのに、自分は全くできていません。母さんの気持ちをきちんと伝えられるように手紙にしました。

あなたが教師になった時、本当にそれでいいのか？　無理をしていないかと心配でした。けれども、これでお祖父ちゃんに顔向けができるとホッとしたのも事実です。

直樹は、優しくて、思いやりがあって、感受性が豊かで、涙もろくて、ひょうきんで、母さんの誇りです。

学生時代、複雑な家庭環境の竜二君と親しくしている直樹を嬉しく思っていました。大学時代には玉水新地で働く夕子ちゃんのところに通い、親身になってあげていましたね。誰にでも分け隔てなく接することが直樹の魅力です。

教師になってからの直樹は苦しそうでした。

やっぱり直樹は犠牲の道を選んだのだと悟りました。お祖父ちゃんに叱られる父さんと母さんを見て、お祖父ちゃんの希望通り、直樹は教員の道を選んでくれたのだと思います。

段々変わっていく直樹にもっと早く母さんも勇気を出すべきでした。お祖父ちゃんが落胆すること、また大騒動になることを考えると、母さんもお祖父ちゃんと直樹に向き合うことから逃げてしまいました。変わろうとしない母さんや高橋家を直樹が疎ましく思い、避けるようになったことにも気づいていました。

どうしたものかと悩みを抱えていた時、母さんはよさこいの練習で東野君に会いました。東野君が母さんの学校の生徒に振り付けを教えに来てくれたのです。暴れん坊だった東野君がすっかり落ち着いていたのには驚きました。東野君も「先生、俺が生徒に指導なんて信じられんよね」と笑っていました。そこから昔話になり、母さんはつい直樹のことを話してしまいました。

直樹が代々教師の家に生まれた圧力を感じて教師になったこと。でも教師が好きではなさそうなこと。パチンコがどんどんひどくなりかなりの借金をしているらしいこと。最近では家にも寄りつかなくなったこと。

立ち話にもかかわらず東野君は親身になってくれ、自分に任せて欲しいと言ってくれました。

直樹、どうぞ本当のあなたを生きて下さい。

あなたは小さな頃から、自分で物語や紙芝居を作っては大人たちに見せ、皆を笑わせてくれました。映画が好きで、よく映画の感想を話してくれました。分析が鋭くて、情報通で、母さんは舌を巻いていました。どうぞあなたの好きな道を歩んで下さい。

パチンコの借金で切羽詰まっているのなら、世間体など気にせずどうぞ弁護士に相談して下さい。

母さんは直樹が教師だからではなく、ただの直樹を愛しています。あなたはもう十分すぎるほど母さんに沢山のものを与えてくれました。これ以上、皆の期待に応えようと頑張って貰う必要はありません。

これからは父さん母さんに気を使わず、高橋家の幻影に縛られることなく、自分を最優先にして生きて下さい。お祖父ちゃんのことは、父さん母さんが向き合います。心配しないで下さい。

あなたはどうか自由を選んで下さい。お祖父ちゃんの理想の家庭の犠牲になることはありません。現実は知っての通り、すでに理想とはほど遠いのですから。

最後になりましたが、母さんも教師の仕事は嫌いです。全く向いていません。だからあなたがこの仕事を嫌うのは良くわかります。遺伝です。

母より

手紙を読み終えると、近所迷惑も考えず大声を出して笑いました。我が家の滑稽(こっけい)さが可笑しくてたまりませんでした。笑いながら涙がこれでもかと流れてきました。

笑い疲れ、泣き疲れると、しばらくの間寝そべったまま天井を見つめ放心していました。自分に取りついていた重たい枷(かせ)が外れたような不思議な感覚を味わっていました。

小一時間ほどそうしていたのち、僕は飛び起き、慌てて事務所に向かいました。仕事をぶん投げてしまった僕のせいで、東野さんは夜中でもまだ一人で発注作業をしているかもしれません。

〈東野さん、すんません〉

僕は、謝りたい気持ちより、無性に会いたい気持ちで居ても立ってもいられませんでした。

軽自動車をすっ飛ばし商店街のとば口に止めると、一目散にアーケードを走りました。事務所の階段を一気に駆け上がると、ドアはすんなり開きました。

「東野さん！」

僕が叫ぶようにして飛び込むと、暗い事務所の中はもぬけの殻でした。

山とあったブルマも、制服も、ランジェリーも、チン毛も、段ボールの山も、手提げ金庫も綺麗さっぱりと消えていました。

信じられない気持ちで、慌てて電気をつけました。

見間違いでも勘違いでもなく、事務所はがらんとした空き部屋になっていました。

手が震え、心臓が大きく波打つ音が聞こえました。

「嘘じゃ！」

大声で叫ぶと、自分の声が部屋の中にこだましました。僕は、その場にへたり込み、呆然として事務所を見回しました。

床に何かが落ちていることに気づきました。慌てて立ち上がり走り寄ると、それは可憐な一輪の薄桃色の花でした。

僕は、膝をつき花を手のひらでそっとすくうと声を出して泣きました。

これがきっと昼咲月見草なのだと思います。

リラ

「結局お袋は、母親より女を選んだんだ」

俺がそう締めくくると、プロデューサーはボイスレコーダーのスイッチを切りながら、

「そうですかね。私はそうは思いませんけど」

いかにも批判の言葉を飲み込んでいるとばかりに、無表情のまま答えた。

〈まただ〉俺は、知り合って三ヶ月になるこの女の、人を見下すような目線にたじろぎながら、心の中で舌打ちをした。

人気女優を妻に持ち、格下婚と世間で言われながらも、バイプレイヤーとしてそこそこ売れていた俺は、愛人と一緒にシャブを使っていたところを踏み込まれ逮捕された。世間は逮捕の一報が出るとそれこそ大騒ぎとなり、俺はあることないことどころか、ないことないことで人格まで否定され、徹底的に叩きのめされた。

女房とはもちろん離婚になり、俳優仲間からはそっぽを向かれ、仕事はなくなり、豪邸や車は売り払い、今や2LDKの中古マンションで侘しい一人暮らし。自業自得とはいえ、これなら執行猶予な

ど貰わずに、刑務所に行った方がマシだったと思えるほど、孤独の闇に沈んでいた。

唯一の世間との繋がりは、薬物依存症の治療をする医者だけで、最初は裁判を有利に進めようという下心で通い始めたのに、今となっては、俺の方がすがりついている。裁判も終わった数ヶ月後には「もう来なくても大丈夫ですよ」とお墨付きを貰ったが、今、打ち切られてはこちらが困る。

「いえ、執行猶予中は通わせて下さい。ケジメですから」

任侠映画もどきに恰好つけて、なんとか通院の許可を取りつけた。

マスコミは相変わらず俺を隠し撮りしようとあちらこちらをつけ回していた。きっぱり縁が切れている女房のことをあれこれ勘ぐり、「密会を重ねている」だの、「別れた女房に貢がれている」だの、デマや憶測が度々週刊誌を賑わせていた。

情状証人に立って貰ったこの医者の通院日は「別れた女房がつき添ってきている」と言われ、恰好の狙い目となっていた。そんな俺を気遣い、病院側は裏口から誰にも会わないように診察室へ通れるよう便宜を図ってくれていた。

俺は医者の顔を見るとホッとして、孤立無援の日々の苦しさを訴え、治療云々よりも、今後の仕事のことや、金の不安、マスコミ対策など、よろず相談のようなことばかり話していた。

通院し始めて丸一年が経った頃、医者は神妙な顔つきでこう切り出した。

「僕も迷っていたんですけど、坂本さんの現状を考えると、これもありかなと思うので思い切ってお話ししますね。実は、これまでも度々薬物事件を取り上げてきたテレビ局のプロデューサーから話があって、坂本さんのドキュメンタリーが撮りたいっていうんですよ」

「えっ」

俺は一瞬にして怒りがこみ上げ「先生、俺のこと話したんですか。まさか、俺をテレビ局に売ったんですか」と凄んだ。

医者は、そういう訳ではない、まぁ落ち着いて話を聞いて欲しいと制し、

「このプロデューサーとは、何度も仕事をさせて貰っていて、薬物問題に理解ある人です。坂本さんのバッシング報道についてもかねがね胸を痛めていたんです。それで人格否定のような報道のあり方を変えたいと言ってきたんですね」

「まぁ、口ではなんとでも言えますからね。先生はわからないでしょうけど、現場では調子良いこといっても、いざ放送されてみると、とんだ編集がなされていることなんかしょっちゅうですからね」

「そういうこともあるでしょうね。ただ僕が知る限りでは誠実な人だと思っています。今のまま社会から隠れるように生き続けるわけにもいかないでしょうし、いっそ今の暮らしや、真面目に通院していることを一度放送してみて貰ってはいかがでしょうか。現状がわかれば追い回されることもなくなるんじゃないかと思うんですよ」

「嫌ですね。自分のことなんか話したくないですし、こんな惨めな状況をさらけ出したくないです」

「そうですか。わかりました。では先方にそう伝えます」

医者はあっさり引き下がった。怒り狂った俺は、もう二度と通院するものかと固く決意したが、他に誰も頼る人のいない身では、結局翌月からもまた愚痴を吐き出しに通うことになった。

そこから更に一年が経った頃、医者からまたこの話が蒸し返された。

俺は弱気になっていた。いつか世間もこの事件を忘れるはずと希望的観測を持っていたが、事態はますます悪くなるばかりだった。

くすぶる俺に「仕事を紹介してやる」と、かつての知人に呼び出され、期待して行ってみると、結局は俺が今どうしているのか興味本位に聞かれるだけで、「頑張れよ」「応援してる」の言葉だけ。あげくに飲食代をこちらで持つ羽目になり「ありがとうございます。頑張ります」とお礼まで言わなくてはならなかった。

一度など、昼飯に誘ってくれた夫婦が一緒に店を出ずに「もうしばらくここにいる」と言うので、不自然さに違和感を持ちながらも、俺だけ一人店を出て歩いていると、週刊誌記者に突撃されてしまった。「はめられた」と思った時は後の祭りだった。人間不信に陥（おちい）り、もう生きていても仕方がないのかと思い始めていた。

俺は、医者の目を見てしばらく考えていた。隠れ続ける生活に疲れ果てていた。

「先生、信じていいですか」

舌と喉がくっついたかと思うほど、口の中がからからに乾き、自分でも驚くほどかすれた声が出た。

「坂本さん、これ以上事態は悪くなりようがないじゃないですか」

医者はギャグのつもりか、皮肉な笑いを浮かべていた。〈この野郎〉と俺は危うくぶん殴りそうになったが、その気持ちをぐっと抑え「じゃあ、連絡先教えて貰っていいですよ」とやけくそで答えた。

お高くとまった愛想のない女。

これが中田（なかた）に対する最初の印象だった。在京キー局の名刺には、ドキュメンタリーや、報道系の番組名が書かれ、これまでの俺なら全く接点がない業界人だった。中田は中肉中背、薄化粧に焦げ茶のスクエア型の眼鏡をかけ、新入社員が着るような黒のパンツスーツを着ていた。身体（からだ）のラインが目立つ服を着た、派手でケバくて、髪を巻き、つけまつげを重ねづけするような女ばかりに囲まれてきた俺は、マネージャーもいない現状でこの女とどう接して良いか皆目見当がつかず、余計不機嫌になった。

　中田は一切の無駄口をきかず、「中田です」の後に「私、坂本さんと同い年なんですよ」というのが唯一伝えてきた個人情報だった。

　同伴してきた、カメラマン兼ディレクターの成瀬（なるせ）は、中田とは正反対でやけに腰が低く、この世の責任は全て自分が背負っているかのような悲愴（ひそう）感を漂わせ、男のくせになんでもかんでも「すいません」と謝っているような奴だった。

　俺は、成瀬から一度打ち合わせをしたいと連絡を受けると、自宅マンションの一階にある、大家の娘が経営する寂れた喫茶店を指定した。隠遁（いんとん）生活の身の上では、俳優仲間にいつ出会ってしまうかもわからないテレビ局の会議室などもっての外だし、都内の小洒落（こじゃれ）た店など行こうものなら、こっそり写真を撮られてSNSにアップされるかもわからない。その点、現在の住まいの横浜は、ほどよく東京から離れており、中でもこの喫茶店は滅多に他の客がいないという点で安心して込み入った話ができた。

　中田は無表情のまま番組の趣旨を説明し始めた。

「この番組の企画の趣旨は、『人気芸能人が薬物になぜ手を出してしまうのか』その原因を探ることです」

「えっ⁉　松井先生からは、俺の現在の様子を取材するって話だったけど」

「もちろん現在のご様子も撮影させていただきますけど、病院での治療以外に何かなさっていることがあるんですか」

中田に見下されたように詰められ、俺は答えに詰まった。

「通院のワンシーンでは三分しか持ちません。この企画は一時間の特番枠で扱おうと思っています。坂本さんのこれまでの人生をご本人と共に遡っていこうと思っています」

俺は、再び怒りがこみ上げ「あのさぁ、あんたらはどうせ俺たち夫婦のことを面白おかしく取り上げたいんだろうけどさ、俺は別れた女房にこれ以上迷惑かけたくないんだよ。そんな趣旨ならやめさせて貰うわ」

啖呵を切って話を打ち切ろうとすると、中田は全く動じることなく、

「いえ、坂本さんの結婚生活や、元の奥様のことには一切触れません。坂本さんの生い立ちをたどる番組です」

「はぁ？　生い立ちだぁ、なんでそれがクスリに関係あるんだよ。なんでもかんでも生い立ちのせいにするような人間が俺は大っ嫌いなんだよ」

頭に血が上りっぱなしの俺は、礼儀もクソもあったものかと声を荒らげた。

「坂本さんの事件に生い立ちが関係あるかはまだわかりません。もしかしたら本当にタダの女好き、セックス好きで薬物を興奮剤として使っていただけかもしれません。でも多くの薬物事件を取材してみると、生い立ちも一因である場合が多々あります。そこを深掘りしてみたいんです」

中田のあけすけな物言いにぶち切れ、

「俺はてめぇの実験台じゃないんだよ」

捨て台詞(ぜりふ)を吐き、帰ろうと席を立った瞬間、ガラステーブルに膝があたり、水を盛大にぶちまけてしまった。

「わぁ、すいません、すいません。あの、おしぼり貰えますか」

成瀬が瞬間的に飛び上がり、大家の娘に慌てふためいて声をかけた。大家の娘も大声に驚いたのか、心配顔で新しいおしぼりを四、五本まとめて持ってきた。

「坂本さん、大丈夫ですか。おズボン濡(ぬ)れてないですか」

成瀬は、俺の肩を掴(つか)むと椅子にむりやり押しつけて座らせ、おしぼりで股間のあたりを拭きだした。

「お前、やめろよ。変なところ触るな。俺が自分でやるわ」

おしぼりをひったくると、成瀬は「あっ、すいません、すいません」とペコペコ謝りながら、今度はせっせとテーブルの上を掃除し始めた。

中田は全く動じず、

「坂本さんが瞬間湯沸かし器のように怒りに火がつくのは、親御さんに似たんですか」

能面のような顔をまっすぐに向けると、またしても毒を吐いてきた。普通の女なら、男が本気で怒ったなら、ひるんだり、謝ったりするものだと思っていたが、中田は全く違い、その図太さにあきれかえった。

人気芸能人だった頃なら、裏方の人間にこんな失礼な仕打ちを受けることなどなかったと、改めて今の自分の立場の惨めさを痛烈に感じた。俺はもう、芸能界で生き残る道などないと開き直り、だったら媚(こび)を売る必要も全くないとこれまで隠し続けてきた過去をぶちまけた。

「お前な、何も知らないようだから教えてやるが、俺の父親は、全国で有名な大物任侠の組長だ。お袋はその愛人だ。だがな、その親父も本当の親父じゃなかった。俺のお袋はな、男を転々としたあげく、四十一歳で自死したんだよ」

ここまで一気に話すと、

「いいか、だからな親子らしい関係なんか一切ない。向こうも親なんて自覚は持っていない。影響を受けるも何もないんだよ」

この話はご破算だとばかりに、最後通牒を突きつけた。

中田は、さすがにしばらく沈黙を続けていたが、

「坂本さんが、組長の息子だということは、業界の人間は皆知っています」

今度は俺が仰天した。

「その事実を隠し続けて、ここまでの地位を築かれたことは、さぞ大変だったでしょうね」

芸能界で生き残るためには、組長の息子、母親の自死というダークな過去は封印しなければならなかった。特にSNSが登場し、世間がコンプライアンスにうるさくなってからは、人気女優だった女房のためにも、誰にも知られてはならないと必死に隠してきた。父親は幼い頃に、母親も高校生の時に交通事故で亡くなったというのが、俺が作り上げた家族のストーリーだった。ところが業界人は皆知っていたとは、へなへなと膝から力が抜けるようだった。

「真実には力があります。坂本さんの真実を私は知りたいんです。私が知りたいことは多くの人にとっても知りたいことなんです」

中田は、私の企画に間違いなどあるわけがないとばかりに自信満々に言い放った。

「言っとくけど、俺の親のことなんかほじくり返したって、クスリのことなんか全く出てこねぇぞ。親父もお袋も任俠の人間やけど、俺はクスリなんか見たことなかった。その辺の三次団体のチンピラとちゃうぞ」

俺は、腹立たしさのあまり、どうやったらこの女の鼻っ柱をへし折ってやれるか考え、こいつが散々取材したあげく、家族は何の関係もなかったと証明してこの企画をぶっ潰してやろうと思った。不承不承取材を了承してやると、成瀬が横から大喜びで口を出し「すいません。本当にすいません。有難うございます」と頭を下げた。

「では、早速ですが来週から取材をお願い致します」

中田は淡々と段取りを説明して引き上げた。


翌週から始まった中田の取材は、思っていた以上にねちっこかった。少しでも辻褄が合わない、疑問点があると、そこを詳しく深掘りされた。中田の聞き取り取材は、横浜の貸し会議室で行われ、毎度毎度そこに成瀬が腰巾着のようにくっついてきてカメラを回した。

無機質な会議室の中で、何時間も幼い頃のことを聞かれ、食事もコンビニ弁当。成瀬は「すいません、こんな弁当で。すいません、本当に」と姿勢だけは低いが、一向に待遇は良くならなかった。中田は相変わらず俺の幼少期にこだわり、どうでも良い質問を繰り返した。

「では、幼い頃はお祖母様に預けられていて、ご両親はいないと思っていた。それが小学校五年生の時に突然それまで叔母さんだと思っていた方がお母様だと紹介された訳ですね」

「そうだよ」

「そしてある日、大きなキャバレーのようなところに連れて行かれて、『この人がお父さんよ』と紹介される。それが地元で有名な井川(いがわ)組長だったんですね。なんでお父さんとお母さんはキャバレーにいたんですか。お父さんのお店だったんですか」

「知るかよ。俺は小学生だったんだぞ。そんなことわかるかよ」

「『このお店何?』とか、『ここはどこ?』とか聞かなかったんですか」

「アホか。いいか、それまで伯父(おじ)さんの家で、ばあちゃんと肩身の狭い生活をしてたんだぞ。急におとうだとか、おかあだとかが現れて、そんなに打ち解けられるかよ。俺はずっと肩身が狭かったんだよ。聞きたいことを自由に聞けるような間柄じゃないんだよ」

「なるほど」

「成ちゃん、そう思うだろ。そんなに急に親子だって言われて打ち解けらんねぇよな」

俺は、成瀬に度々話題を振っては、イライラを少しでも和(やわ)らげようとした。成瀬は今日も濃紺のポロシャツに、ベージュのチノパンという、三十六歳の業界人とは思えない冴(さ)えない姿で現れ「はぁ、すいません。そうですよね、すいません」と、小さな目をしばたたかせた。

「お母様の最後の様子を教えて下さい」

中田はどんな時も自分のペースを崩(くず)さず、話は急に飛ぶ。こいつの話はいつも時系列がめちゃくちゃで、自分の興味がある話だけをピックアップして聞いてくる。

「お袋は、それまで全く学校行事なんかに来なかったし、俺の教育なんか興味がなかったんだよ。学校行事だけじゃない、そもそも家にもロクに帰ってこなかった。俺も野球部の練習やバイトと遊びに忙しくて親となんか口をきかなかった。ところが死ぬ半年前くらいかな。俺が高校三年生になると急に、お袋がすっぴんでジャージはいて、他の父兄と一緒に炊き出しなんかに来るようになったんだよ。だから俺は驚いた」

「なんでお母様は急に来るようになったんですか」

それまで下を向いて必死にメモを取っていた中田は、急に顔をあげ眼鏡を人差し指でずりあげながら聞いた。

「知らねぇよ。お袋がどんな気持ちだったのかわかるわけねぇだろ」

「なるほど」中田は、またメモに目を向けた。

「それまで、『姐（ねえ）さん』『姐さん』と呼ばれ、いつだって若い衆が取り巻きにいて、着物を凛（りん）と着こなすお袋しか見たことがなかったから、俺はびっくりしたけど、なんか嬉（うれ）しかった」

うっかり本音を漏らしてしまい、「しまった」と思ったが、中田は俺の本心についてはは興味がないらしく、顔を伏せたままスルーした。

「そして、お袋が死んだ日も突然学校に来たんだよ。俺を練習の途中で呼び出し、自分の車の中に入れって言うからなんだと思ったら、進路を今すぐ決めろっていうんだよ。俺は、ついに親父の跡目を継げって言いに来たんだと思った」

ここまで一気に話すと、俺は成瀬が買ってきたぬるいミネラルウォーターをごくりと飲んだ。

「だからお袋に『進路って、俺の進路なんかどうせ決まってんだろ』って言ったんだよ。そしたらお袋は『任俠の世界だけは絶対にだめ。野球で大学に行きなさい』って意外なことを言い出したんだ」

中田は、相変わらずメモに目を落としたまま何も言わなかった。

「俺は、この頃のお袋が金に困っているんじゃないかと思っていた。宝石や着物が段々と少なくなっていたからな。だから『お袋、金に困ってんじゃないか？　だったら俺は大学に行かずに就職する』って言ったんだよ」

あの日の光景がまざまざと目に浮かんできた。

お袋は、ちょっと気まずいような、照れたような顔をしながら念押しをしてきた。

「本当にそれでえいがかえ」

「おぉ、ちゃんと就職するき。極道にもならん。ほいたら、練習中やきもう行くぞ」

ぶっきらぼうに言って、車から降りようとすると、

「ねぇ竜二（りゅうじ）。あたし綺麗（きれい）かな」

ちょっと甘えるようにお袋が聞いた。

「気持ち悪い。実の息子に何言ゆうがな」

俺はあきれて、「もう行くぞ」とドアを閉めた。窓越しにお袋を見ると、お袋は泣きながら笑って手を振っていた。それがお袋を見た最後になった。

お袋は、俺に会いに来た一時間後、車でトンネルの壁に突っ込み自死した。

「俺は、あの時なんで『お袋、綺麗やぞ』って言ってやらなかったのかって、そこからずっと後悔してる」

四〇年間封印してきた話を初めて吐露すると思わず声が震え、なんで俺はこの女にこんな話をしているのかと、自分でも自分の気持ちがわからなかった。

中田はそんな俺に配慮するでもなく顔をあげると、

「何でお母様亡くなったんでしょうね」

誰でも思う疑問を感情なく口にした。俺は、うっかりこぼれそうになった涙も瞬間的に引っ込んだ。

「知らねえけど、お袋は母親よりも女を選んだんだよ。恐らく、親父に捨てられて、年も年だからもう愛人にもなれねぇって感じで、将来を悲観して死んじまったんだよ」

中田はじっと俺を見つめた後〈それは絶対に違う〉という顔をして、ボイスレコーダーを切った。


中田は次々に面倒なことを言い出した。

「坂本さん、小さい頃のアルバムを見せていただけますか」

俺は、写真の大半は離婚した時に置いてきてしまったし、わずかに残った写真もぐちゃぐちゃに段ボールに突っ込んであった。中田の趣旨の良くわからない要求に言いなりになるのもシャクなのと、ガキの頃のものを選り分けるのが億劫で、「見たけりゃ、成瀬と一緒に家に来い」と呼びつけた。これで今の暮らしぶりもバレてしまうが、中田相手に恰好つける気にもなれず、どうせ企画もぶっ潰れると思うとどうでもよかった。

中田は衣装部屋になっている和室の押し入れから段ボールを引っ張り出すと、「これしかないんですか」と勝手な感想を言った。一枚一枚手に取ると、元の女房や、有名俳優連中と撮った写真には目もくれず、高知時代のそれも俺が物心つく前の写真だけを手に取りじっくり眺めていた。

「このおばあさんが、坂本さんのお祖母様ですか」

中田が見せた写真には、俺らしき赤ん坊が、着物に割烹着姿の老婆に抱っこされていた。

「違う。誰だか知らん。これがどこなのかもわからん」

「えっ、なんで知らない人と、知らない場所で写っているんですか。昔って、写真は貴重だったのに」

これもこれもと、場所も名前もわからない人との写真を差し出した。謎の人物との写真は数十枚に及んだ。ばあちゃんによればお袋は写真嫌いだったそうで、俺と一緒に撮った写真は一枚もなかった。

「なんでだかわかんねぇけど、俺は、高知の井川組長の血を分けた息子じゃなかったからな。その前のことは全くわからん」

お袋が死んで、ばあちゃんと役所で戸籍を見たら、井川の親父とは別の男が俺を認知していた。

「ばあちゃん、この男は誰で」と詰め寄り、初めて俺は井川の息子ではなかったと知った。

「高知じゃ『井川組の息子』だって有名だったし、今更『実の子じゃありません』なんて恥ずかしくって言えなかった。ばあちゃんにも騙されていたって腹が立って、それが原因で俺は辛くなって東京に来たんだよ」

「じゃあ、誰の息子だったんですか」

中田は俺の気持ちに寄り添うつもりは全くないらしい。なんでも直球で尋ねてくる。

「神戸のこれまた任侠の親分だった。お袋は最初その人の愛人だったらしい」

「へぇ、ファンキーなお母様ですね」

こいつは一体どんな神経をしているのかと、中田の返答には毎度毎度あきれさせられた。

成瀬は中田の天然な受け答えがさすがに気まずいと感じるのか、

「坂本さんのお母様だけあってきっとお綺麗だったんでしょうね」

と、俺の不機嫌オーラを少しでも変えようとしたのか、おべんちゃらを言ってきた。

「坂本さん、お母様の戸籍謄本（とうほん）を取ってみましょう。何かわかるかもしれませんよ」

「なんで、戸籍謄本なんか取るんだよ。俺の生い立ちはもうわかったじゃねぇか」

「まぁ、坂本さんの生まれについてはわかりましたけど、お母様のことが良くわからないですから」

俺は、うんざりして黙りこくった。


成瀬が唐突に重い空気を破った。

「あの、すいません。僕この間子供が生まれたんですね」

俺も、中田も、だから何だとばかりに無視していると、成瀬はどぎまぎしながら、

「あっ、あの、子供が生まれた時ってすごく嬉しくってですね、名前も一生懸命考えたんですよ。多分、坂本さんのお母様も、『どんな名前にしようか』一生懸命考えたと思うんですね」

話は一向に要領を得ない。

「えっと、すいません、坂本さんの本名って『竜二』さんじゃないですか。なんで『竜二』さんなんですか」

「なんでって、そんなもんわかるか」

「お母様の本名は『妙子（たえこ）』さんですよね。実のお父様のお名前はなんですか」

「高林久彦（たかばやしひさひこ）や」

「久彦……それでなんで『竜二』なんですかね。ご長男なのに。ご両親のどちらも二がつくわけじゃないじゃないですか」

中田がパッと顔をあげ、眼鏡の縁をずりあげた。

「そうよね。お母様なんで『竜二』ってつけられたのかしら。もしかしたら他にお兄さんがいらっしゃったんじゃないかしら」

　中田は、俺の家のごたごたを見つける度に喜びを感じるようだった。

「坂本さん、神戸のお父様の知り合いとかご親戚とか、誰とも繋がりはないんですか」

　面白いネタを見つけたとばかりにグイグイ迫ってくる。俺は、腹が立ちながらも少しだけお袋のことを知りたいという気持ちが芽生えていた。

「五年くらい前に一度だけ『あなたのお父様が亡くなりました』と電話をくれた人がいたんだよ。組を解散して堅気（かたぎ）になった後も、親父に最後までつき添ってくれた若い衆だったらしい。それっきりつきあいもないけど、その人の名前と電話番号だけはわかる」

「それですよ。その人に会いに行きましょう」

　中田は冷静な普段と違い、珍しくはしゃいでいた。


　神戸の親父の若い衆に連絡を取る前に、お袋の戸籍を遡（さかのぼ）ってみようと中田が言い張り、俺はまた押し切られ、区役所の職員にジロジロ見られながら取り寄せる羽目になった。

　戸籍に書かれた、別れた女房との「離婚」の文字に今更ながらショックを受け、その上、親父の欄は「認知」となっている。職員が手渡してくれた時には顔から火が出るようで、さっさと帰ろうとしたが、よりによって中田は全く気にすることなく「ちょっと、すいません」と係員に声をかけた。

「この大﨑（おおさき）竜二さんのお母さんの大﨑妙子さんの戸籍をたどりたいんですけど、ここで貰えますか」

　俺は、すっかり素性（すじょう）がバレてますよと言わんばかりに、ザワザワしている職員たちの様子を肌で感じ居たたまれなかったが、中田はそんなことは全く気にもとめていない様子だった。

「それは高知の方で請求していただかないと無理ですね。郵送でも取り寄せていただくことは可能ですが」

戸籍係も内心は興味津々（しんしん）だろうが、精一杯、何でもありませんという顔を取り繕いながら説明してくれた。俺は、小声で礼を言い戸籍謄本をひっつかむと、さっさと外に出て行った。中田と成瀬は小走りで追いかけてきたが無視した。駐車場まで来ると振り返り「てめえら、ふざけんなよ」と凄んだ。成瀬は土下座せんばかりの勢いで、

「すいません、坂本さん。すいません」と繰り返したが、中田は全く動じることがなかった。

「じゃ、郵送の方は私が取り寄せておきますから、身分証明書になる免許証のコピーだけそこのコンビニで取らせて貰っていいですか」

顔色一つ変えることなくぬけぬけと言ってのけた。

「お前、俺にどれだけ恥かかせれば気が済むんだ」

「恥？　自分の戸籍を恥じる必要なんてないじゃないですか」

中田はいつもの様に眼鏡の縁を人差し指で持ち上げると、見下すように鼻で笑った。

〈このクソ女〉俺は、腹の中で罵（ののし）ったが、これ以上中田に文句を言っても自分が惨めになるだけだと言い聞かせ、財布から免許証を取り出すとコンビニに向かった。俺は、何のためにこんなことをしているのだと、自分にも腹が立った。

「坂本さん、お母様の戸籍が取れました。それでわかったのですが、お母様は四十一歳で亡くなった

のではありません。昭和一七年生まれなので三十九歳でした」

「なんだと。ちょっとその戸籍見せてみろ」

「はい、そう言うと思って、もうマンションの下にいます。今からあがりますね」

電話が切れると、すぐにインターフォンが鳴り、中田とすでにカメラを構えた成瀬がどやどやと入ってきた。

「坂本さん、これがお母様の戸籍ですよ。高知時代からさらに遡って神戸時代まで取れました」

俺は、二枚のお袋の戸籍を見比べた。確かに昭和拾七年三月三拾日出生と書かれていた。

「そうか、お袋が死んだ時は三十九歳だったのか」

「ええ、そうみたいです。本当に若い頃に亡くなったんですね。でもなんで坂本さんは四十一歳だと思っていたんですか」

「確か、亡くなった時に、誰か大人がそう言っていた気がしたんだよ。『四十一なんて若すぎる』ってね」

「坂本さん、お母さんの生年月日も知らなかったんですか」

「知るかよ、俺だって誕生日なんて祝って貰ったことないんだから、お袋の誕生日に興味持つ訳ないだろ」

「なるほど」

八月のクソ暑い日だというのに、水色のサマーニットと白の七分丈パンツをはいた中田は、三人も座れば目一杯の小さなバリ調のリビングテーブルの椅子に座り、汗一つかかず涼しい顔をしていた。逆に成瀬は汗をダラダラ流しながら、俺と中田の会話を一言一句漏らすまいとカメラを回し続けていた。

「では、やっぱり神戸に行きましょう。坂本さん、その若い衆という方に電話してみて下さい」

「えっ、今?」

「はい、善は急げですから」

元反社の人間に会うこの企画が善なのかと甚だ疑問だったが、段々この女のペースにのせられることに慣れてきてしまった。

俺自身も、若い衆から電話がかかってきた日から何度も携帯を買い換えたにもかかわらず、この番号を消さずにいたのは、どこかに親父のことを知りたいという気持ちがあったのかもしれない。

赤嶺と待ち合わせした場所は、神戸の親父の墓地だった。

高台にある墓地からは、須磨の海が一望できた。初めて会う赤嶺は、小柄で頭の禿げ上がった好々爺で、かつて極道の世界に身を置いていたとはとても思えなかった。

俺たちは、霊園の入り口で挨拶を交わすと、早速赤嶺に墓に案内して貰った。墓地は雑草もなく綺麗に手入れされていて、聞けば赤嶺が月命日には欠かさず手を合わせに来ているとのことだった。

「竜二さん、やっと会えましたね。お父さんもさぞかし喜んでまっせ。あなたのことを最後まで自慢してましたから」

「えっ、親父がですか。俺のこと知っていたんですか」

「もちろんですよ。竜二さんが出た、映画だってドラマだって雑誌だって親父さんは全部見てましたよ。自分が名乗り出たら迷惑がかかるからって、近しい者以外には『坂本竜生』が息子やゆうて決して言いまわったりしてませんでしたがね」

　赤嶺は、今でも親父に忠誠心を持っているのだろう、俺に対して目を細め愛おしそうに話しかけてきた。

「竜二さんがご結婚された時もそれはそれは喜んでね。『俺に似て竜二も面食いやな。妙子によう似てるわ』なんて言ってましたよ」

　横からすかさず中田が「本当に似てらしたんですか」と口を挟むと、赤嶺は「さぁ、どうでしょうなぁ、残念ながら私は、妙子さんに実際会うたことはないんで」とはぐらかした。

　赤嶺は、親父よりも一回り以上年下で、お袋が神戸にいた頃は中学を卒業するかしないかくらいの愚連隊だったらしい。組にも出入りをして、使いっ走りをやっていたらしいが、当時は親分に近づけるような身分ではなかった。

「でも、一度だけお母さんの声を聞いたことがありますよ」

　なんでも、昭和の歌姫と呼ばれた大スターの興行を親父が手がけたらしく、その時には赤嶺のような愚連隊までかき集められ、準備に大わらわだった。

　赤嶺が事務所で電話番をしていると、お袋から「山猿ちゃんを出して」と電話がかかってきた。赤嶺は、誰かのいたずらだと思い「山猿やと、こらぁ」と大声で怒鳴りつけたら、親父が「わしのことや」と言って電話を代わったらしい。

「あの時は、姐さんに粗相したのかと、肝が冷えましたよ」

「お袋は、親父を『山猿』と呼んでいたんですか」

「さぁ、それもどうでしょうなぁ。そんなこと、こっちからは聞けませんですからねぇ」

赤嶺は、禿げ上がった頭をつるりと撫(な)で、思い出し笑いをした。

「このお墓も、妙子さんが竜二さんを身ごもったと告白したのが須磨海岸やったそうで、『俺が死んだら須磨海岸が見える墓に入れろ』って私に託されたんですよ」

そんなことをしたら奥さんは怒らないのかと思わず聞くと、

「姐さんも器の大きな人でしてねぇ。お子さんもおらんかったし、竜二さんを養子に貰いたいと本気で思っておられて、ご自身で頼みに行ったそうですわ。『妙子さん、どないしても首を縦に振ってくれんかった』と残念そうに言うとりました」

姐さんも親父さんと一緒に目を細めて竜二さんの活躍を見ておられましたよ。ほら何でしたっけ、あの、いつもバーで飲んでる色男になった当たり役のドラマありましたでしょ。姐さんあれが大好きでしてなぁ、よう見てはりました……。

赤嶺がここぞとばかりに話し続けている言葉がもう耳に入ってこなかった。

親父が俺の活躍を見て喜んでくれていた、お袋が俺を手放さないと言っていた、その言葉を聞き、思わず涙が溢(あふ)れてきた。慌てて、線香をあげるふりをしてしゃがみ込み、涙がカメラと中田にバレないようにした。

背中がかすかに震える俺の後ろ姿を、三人は静かに見守っていた。

九月に入ったとは言え、日差しを遮(さえぎ)るものがない墓地は暑すぎた。

興奮したように散々しゃべっていた赤嶺も、暑さが応えたのだろう。どこかでお茶でも飲もうと提案してきた。

赤嶺のベンツに乗って案内されたのは、意外にも須磨の海が一望できるガラス張りのおしゃれなカフェだった。男たちがアイスコーヒーを注文したのに対し、中田だけは「いちごフラッペ」を頼み、愛想のない女がガキのようにかき氷を頰張る姿が滑稽に見えた。その上中田は、かき氷を食べながらも器用にメモを取り、俺が聞きたいことを勝手に質問していった。

赤嶺は、自分は直接知らないが、親分や古い組員から聞いたところではと前置きをして、お袋が働いていたクラブで親父と出会ったこと。親父が抗争に巻き込まれ、鉄砲玉になりそうだった時に、「あの男は拳銃五丁持っている」とお袋が警察にチンコロして、窮地を救ったこと。お陰で命は助かったが、親父はその時に三年間刑務所に入ったことなどを教えてくれた。

「妙子さんは、親分がムショに居る間、兄弟盃を交わしてた親分連中や、舎弟なんかに匿われてたんですよ。そいで竜二さんを出産した。竜二さんはしばらくの間、組の若い衆やその女たちが代わる代わる子守をしてたんですわ」

「じゃあ、あの写真は撮影者が妙子さんなんですね。ご自身が写真嫌いだから、関係者に抱っこさせて坂本さんを写真に撮りまくった。……なるほど」

中田は、メモを走らせながら独り言のようにつぶやいた。

俺はこれまで写真を見ながら勝手に〈この人たちは親父の親類だろうか〉と推測していたが、何のことはない赤の他人だったと知り、拍子抜けした。

こうしてお袋は俺を産んでしばらくの間は神戸にいたが、人の厄介になる暮らしにも見切りをつけたのだろう。いつの間にか高知に帰っていったらしかった。

「すみません、もう一つお聞きしたいんですけど、妙子さんは他にお子さんはいらっしゃらなかったんですか。竜二さんはご長男なのに、なぜ『二』とつけられたのかと思いまして」

中田が単刀直入に尋ねたので、俺もゴクリと唾を飲み込んだ。と、同時に赤嶺の爆笑が聞こえた。

赤嶺は腹を抱えて笑うと、禿げ頭をしきりに撫で、目には涙まで浮かべていた。

「そんなドラマチックな展開は何もありませんよ。あの頃、神戸の不良の間じゃあ、『りゅうじ』って流行ってたんですわ。他にも『こうじ』とか『じょうじ』とか。竜二さんと同年代の組員の息子にはそんな名前が沢山いますわ」

「えぇっ、流行ですか。東京じゃ『りゅうじ』なんてあまりいなくて」

「そうですか、いないですか。へぇ」赤嶺の方も意外だとばかりに驚いていた。

俺と中田が反射的に成瀬を見ると、成瀬は申し訳なさそうに「なんか、すいません。すいません」を連発しながら、首をすくめ汗をだらだらかいていた。


神戸から帰った三日後、また中田から唐突に電話がかかってきた。

「坂本さん、溝田昭子さんにアポをとったので会いに行きましょう」

こいつはとうとう俺の意向すら聞くことをやめたらしい。

「なんで溝田さんに会わなきゃならないんだよ。タダでさえこの企画を受けたことを後悔してるのに、取材なんてごめんだ」

精一杯の嫌味を返し、断固拒否の姿勢を示した。

「いえ、取材ではありません。話をお聞きするだけです」

中田は事務的に日時と場所を伝えると、一方的に電話を切った。

溝田昭子は、『任俠の男に惚れた女たち』というルポを出していて、単行本はベストセラーになり映画化もされていた。テレビにもちょくちょく出ていて、俺も俳優で活躍していた頃何度か面識があった。

どんな目的で中田が会いに行こうと言ってるのか知らないが、ここでドタキャンすれば溝田さんの顰蹙をかうのは俺だ。もうこれ以上評判の落ちようもないと思いつつ、ぶっちぎるほどの勇気もなく、俺はまたしぶしぶと中田に従うことになった。

溝田の事務所は、都内のマンションにありエステサロンのような作りだった。最近はここでYouTubeの撮影も行っているとのことで、ライティングや壁紙にも凝っていた。ビタミンカラーのアクセントクロスに囲まれた部屋に案内され待っていると、溝田は目に鮮やかなピンクのスーツで現れた。

「坂本君、久しぶりね。元気だった」

ショートカットでいかにも活動的な溝田は、以前と変わらぬはつらつとした様子で声をかけてくれた。

「どうも、久しぶりです。この度は色々ご迷惑をおかけしまして」

俺はなんと言っていいかわからず、ボソボソと挨拶をした。

「別に迷惑なんかかかってないわよ。それより大変でしょ。今、どうしてるの」

「ひきこもりで、日々反省の身の上です」

この後、このミーティングがどう進んでいくのか全くわからない俺は、自虐的に答えるしかなかった。

中田は、儀礼的な挨拶が終わると、すぐに仕切り始めた。

「溝田先生、この度はお忙しいところ申し訳ございません。早速なんですが、先生が『任侠の男に惚れた女たち』を執筆されていた頃、坂本さんのお父様の関係者を取材されたと伺ったのですが、詳しく教えていただけないでしょうか」

俺は、中田の説明を聞いて椅子から転げ落ちそうになった。

〈なんちゅうことを言い出すんだ〉

呆然(ぼうぜん)とする俺を尻目に、中田は平然としている。さらに驚いたことに溝田も全く躊躇(ちゅうちょ)することなく、

「坂本君のお父さんは高知の井川組長でしょ。私ね、井川組長の東京の愛人を取材したことがあるのよ」とさらりと言い出した。以前中田が「坂本さんのお父さんのことは、業界人は皆知っています」と言っていたがあれは本当だったのだ。

成瀬は三人が座るテーブルから少し離れて俺と溝田のツーショットを撮影している。今の姿はどのように映っているのだろうか。明らかに驚いた顔をした俺がカメラに収まってしまったと思うと、中田の作戦にまんまとはまった自分が悔しかった。

〈井川の親父にはお袋以外にも愛人がいたのか〉

その事実を突きつけられたことも辛かった。

「あの頃はね、日本中が大騒ぎになった抗争事件が勃発していたでしょ。組長の愛人たちもね、別れることになった人が多かったの」

溝田は俺の動揺を知ってか知らずか、淡々と過去の取材で得た情報を教えてくれた。

「東京の愛人さんもね、別れ話を告げられたと言ってたわ。だってね、本当に危ない時代だったのよ。女のところに来たところを殺された組長が実際にいたんだもの。坂本君のお母様はどうだったのかしら」

それこそが俺の知りたい最大の謎だった。

「いや、俺も詳しいことは全くわからないんです」

答えながら、俺も高知で働いていた一時期、危ないからと良くわからない人のところに匿われていたことを思い出した。

「でも別れ話を持ち出されたのは、身の危険があったことだけじゃないわ。お金よ。抗争事件というのはね、とにかくお金がかかったの。だから愛人さんを囲っておけなくなっていったのもあるわ」

確かにお袋は死ぬ直前、金に困っているような様子だった。家にある金目のものが消えていっているのが俺にもわかった。言われてみれば当たり前だが、抗争に金がかかるというのは想像外だった。

「愛人にもランクがあってね。東京の愛人さんは、若くてかわいらしいまだ子供っぽさの残るような女性だったから遊びだったんじゃないかな。だからあっさり別れ話になったんだと思うわ」

自死したお袋と、生き延びた愛人。親父の本心はどこにあったのか。お袋は親父にとって大事な愛人だったのか。ランキングの何位だったのだろう。溝田の話を聞き、俺は混乱した。

「有難うございました」

俺たち三人が引き上げようとすると、溝田は、

「こんな話で役に立ったのかしら」と、社交辞令のように言った。

「大変助かりました」中田は俺には見せない愛想の良さで答えた。

マンションを出ると、俺はやっと息が吸い込めた気がした。

中田はこんな無謀な企画を立てたにもかかわらず、全く悪びれていなかった。

「なるほど。お母様には当時別れ話が持ち上がっていたのか、それとも最後までお父様に尽くしたのか、どっちだったんでしょうね」

俺の気持ちに対して、察するとか、労ろうという気持ちを持ち合わせていない中田は、じっと俺を見つめ、答えを待っていた。その様子を成瀬はカメラに収めようと、今度は中田とのツーショットを道端で撮りだした。俺は、怒鳴り飛ばしたい気持ちを抑えることが精一杯で、こんな見世物になって答えられる心境じゃないと、さっさと二人に別れを告げた。


考えれば考えるほど、お袋が不憫に思えた。

そしてお袋は、男の金でしか生きられない女だったのだろう。別れ話を切り出されたのか、親父が金に困りだしたのか、いずれにせよ親父との将来をはかなんで死んだんだろう。わかっていたこととは言え、自分が親の命綱になれなかったという事実が明らかにされることは辛かった。


「竜二さん、お墓が草ボウボウになっちゅうですよ」

地元のツレの難波からＬＩＮＥに写真が送られてきたのは、溝田の話を聞いた一週間後だった。俺は、毎年帰省すると、地元の友人たちに手伝って貰い、墓参りをするのが常だった。俺の一族の墓は、小高い丘の中にあって、放っておくと草木が生い茂り、墓のありかまでわからなくなる勢いだった。

事件以後、顔がさすことを避け、高知に戻っていなかったが、ひきこもる俺を心配してくれる旧友の気持ちが嬉しかった。

〈お袋の墓参りにも行ってやるか〉

事件から二年ぶりに郷里に戻ることにした。

帰省する日、中田から電話があった。

「今から、高知に帰るから話は戻ってからだ」と伝えると、

「あっ、じゃあ我々も合流しますので」と言ってすぐに電話は切れた。

まさか今から来るわけないだろうと思っていたが、中田も成瀬も本当に次の便でやって来た。

「高知に着いたので合流しましょう、お墓参りに行くなら、その様子を取材させて下さい」

いつもの様に強引に自分たちも予定に割り込んできた。

俺は、「勝手に来い」と迎えにも行かず、高知市の北端、一宮（いっく）しなねにある墓のそばのスーパーマーケットの名を告げた。兄貴分の東野（ひがしの）さん、お調子者の難波、喧嘩（けんか）の強さも女も俺と二分した半沢（はんざわ）と、毎年ここで、墓に供える花や、菓子や、果物、線香、水などを買い込むことにしていた。

俺が行って顔がさすと、地元の人間はいつも大喜びでサインを求めてきた。だが今年は、東野さんの計らいで、俺は車の中に残ったまま買い物を済ませて貰うことにした。

駐車場の片隅で買ってきた荷物をトランクに詰め込んでいると、

「竜二君！」

大声がして、スーパーから派手な小太りの中年女が足をもつれさすようにして駆け寄ってきた。

「わぁ、懐かしい。私、覚えてないかぇ。妙ちゃんにすごい可愛（かわい）がって貰（もろ）うたがやけんど。竜二君も

一緒に一度うちに遊びに来たことがあるがで」

俺は「妙ちゃん」という言葉に驚いた。

「お袋のこと知っちゅうがかえ」

「知っちゅうもなにも。うちのお母ちゃんが妙ちゃんと同じ店で働きよったきねぇ」

「えっ」

「へぇ、竜二さんのお袋さんはどこで働きよったがで」

人なつっこい難波が口を挟むと、

「リラよ。竜二君知らんかったが。お母ちゃんらはリラでホステスしよったがよ」

「リラか。そりゃあり得るにゃあ」

地元の水商売に詳しい、東野さんが独りごちた。東野さん曰く、『リラ』と『椿』という二つのキャバレーの大箱が、昭和の高知社交界の花形だったらしい。

俺は思いきって、

「おまんのお母ちゃんは、元気ながかえ。元気やったら、お袋の話聞かせて欲しいがやけんど」と頼んだ。

「お母ちゃんは、こじゃんと元気やき。少し頭がボケてきちゅうけんど、昔のことはよう覚えちゅうきねぇ。えいで。そしたら、後でうちの店に来てくれたらお母ちゃん呼んじょくき。三時頃でえいかえ」

「何のお店やりゆうが」

「一宮でスナックやりゆうがよ。ここの近くやき。今日は定休日やからゆっくり話せるき。楽しみやわぁ。竜二君に会いたいと思いよったがよぉ。お母ちゃんも喜ぶちや」

敬子と名乗る女は、南国土佐のはちきんらしく酒焼けした声で、勢いよくまくし立てた。スーパーに買い物に来た割には、金ぴかの大ぶりなアクセサリーを身につけ、くっきりとした目鼻立ちは、若い頃はさぞかし美人だっただろうと思わせた。

敬子は「あんたらは何年生まれなが。どこの中学」と難波に聞き、話の内容からするといっぱしのヤンキー街道を歩いてきたようだった。

難波と敬子が、「あれは俺らのツレやき」「そしたら、うちの弟と同じ年やねぇ」と世間が狭い高知ならではの知り合いパズルあわせで盛り上がっていると、中田と成瀬がタクシーで乗りつけてきた。

カメラを構えた成瀬が近づくと、喧嘩っ早い半沢が即座に身構え「何じゃコラぁ」と怒鳴りつけたが、俺が「あぁ、知り合いやき。俺のこと取材しにきたがよ」と素っ気なく言うと、

「竜二、取材入っちゅうがか」と急に嬉しそうな顔で愛想が良くなった。

中田は、敬子の母親がお袋のことを知っていると聞きつけると、是非取材させて欲しいと頼み込んだ。敬子は臆することなく「わるいけんど、それは絶対に嫌やねぇ。カメラの前でする話じゃないし、プライバシーの侵害やき」と一刀両断に切り捨てた。

それでも中田はあきらめず、では同席だけさせて欲しいと頼み込むと、敬子は東京のマスコミの女と聞いただけで闘志が湧くのか、

「しょうがないねぇ、店の離れたところで邪魔せんと聞いちゅうだけやったらえいで。けんど録音なんかしよったら承知せんきね」と女王陛下が家来に命令を下すかのような態度で申しつけた。

中田がぺこぺこと礼を言っている姿は、実に小気味よく、「さすがは土佐のおなごや」と俺は心の

中で喝采を送った。

敬子のスナックは、県道三八四号線と四四号線の交差点付近、一宮西町にあった。

茶色の分厚く重たいドアを開けると、カランカランとドアベルの音が鳴り、店内は茶色のインテリアに椅子は赤いベルベット張りと、「ザ昭和」のスナックだった。カウンター席は五つ、ボックス席は二つ、中田に「店の隅っこにいろ」と命じたが、どこに座ってもすぐに隅っこになるような店だった。俺たち六人はどやどやと入っていき、中田と成瀬はテーブル席、俺たち四人はカウンターに座った。

敬子は満面の笑みで迎えてくれた。カウンターの中には、八〇代と思われる、髪を紫色に染め、まだまだ洒落っ気を失っていない老女が座っていた。

「おばちゃん、よう来てくれたねぇ。はじめまして竜二です」

俺が、敬子のお母ちゃん美枝子に挨拶すると、老女は懐かしそうに目を細めた。

「はじめましてなんかやないき。竜二君がこんまい頃に何度も会うちゅうきねぇ。あんたは色が白うて、ほんまに可愛らしい、お坊ちゃん顔やったがで。まっ、今もええ男やけんど」

かつての客あしらいを彷彿とさせる、軽妙な語り口で挨拶を返した。美枝子は南国美人の敬子とは全く似ておらず、細身の瓜実顔、芸者置屋の女将だと紹介されれば信じてしまいそうな凛とした色気を醸し出していた。

お袋のことを何でも良いから教えて欲しいと頼むと、精一杯記憶をたぐりよせてくれた。

美枝子によれば、俺が幼い頃は、どうやら伯父一家やばあちゃんの住む実家に、お袋もちょくちょく立ち寄っていたらしかった。美枝子とお袋は店のホステスの中でも特に仲が良く、しばしば一緒に帰ってきたとのことだった。

「竜二君の家まで二人でぶらぶら歩いてきよったよ。休みの日にはねぇ、『漬物貰うたけんど食べる』なんて電話がかかってきてうちにもよう遊びにきよったき」

「そうながかえ、なんか俺のお袋はよう酔っ払っちょった記憶があるがやけんど」

「酔っ払っちょった？　意外やねぇ。店じゃあそんな様子は全くなかったけんどねぇ。いっつも背筋をシャンと伸ばして、お酒はあんまり強い方やなかったけんど、乱れたことなんか一度もなかったで」

煙草（タバコ）は好きだったそうで、美枝子の脳裏には、姿勢良く座り、煙草をプカプカ吹かしていたお袋の姿が目に焼きついているといった。

「あんたのお母さんはねぇ、あんたのことが自慢でよぉ。一緒に来ると『可愛いやろ。可愛いやろ』ゆうて、いっつも言いよったでぇ。竜二にええ服着せちゃりたい、竜二に美味（おい）しいもの食べさせてやりたい、いつじゃち竜二君のことばっかり考えゆう人やったでぇ」

「えっ、おばちゃんそれホンマかえ。俺にはそんなイメージ全くないきねぇ。お袋は、男のことしか考えちゃあせんと思うちょったがやけんど」

「そんなことあるわけないろがね。いつじゃち竜二君のことが一番やったき。今度の事件のことも、お母ちゃん生きちょったら叱られちゅうで」

美枝子は冗談っぽく俺を軽く睨（にら）み、あきれたように言った。横から敬子も口を挟んだ。

「ほんまよ。うちも妙ちゃんにはこじゃんと優しくしてもろうた記憶しかないきねぇ。うちから見たら妙ちゃんは子供好きやったと思うで」

「そうかねぇ。気性は荒かったと思うがやけんど」

「女同士の喧嘩になったりしたら確かに負けん気が強かったね。誰っちゃあかなわんかったきね」

美枝子は、何か武勇伝でも思い出したのか苦笑しながら、「それにね」と言葉を続け、

「男に媚びたり、すがったりするような真似は一切なかった人やき」

「おばちゃん、ほいたら井川の親父とは店で会うたがやろうか」

「さぁ、少のうても私が勤めよった頃は、リラに井川さんは来ちゃあせんかったきねぇ。二人がどこで出会うたかはわからんけんど、私が店を辞めた後、久しぶりに妙ちゃんに会うた時はもう井川さんと一緒やったきねぇ。その頃はもう二人で博打の方にようい きよったし」

「えっ、博打⁉」

俺が、驚いた声をあげると、美枝子はしまったとばかりに、口を閉ざしてしまった。

お袋の博打には思い当たる節があった。井川の親父が来ている時に、お袋はよく親父から手本引きを習っていた。それから時々お袋は鏡の前で、背中に回した腕を動かさないようにして手札を選ぶ練習をしていた。

〈そうかお袋は博打にはまっていったのかもしれん〉

衝撃的だったが、お袋の晩年、貴金属類や金目のものが家からなくなっていったこと。にもかかわらず、お袋が死んだ時、井川の親父が若い衆をずらりと並べて葬儀に来たこと。親父は、最後の最後でお袋の遺体を自分の車にのせ「ドライブに行ってくる」と言って周囲を慌てさせたこと。お袋は親父に、捨てられたようには思えなかったこと。だとしたらお袋は誰にも言えない借金があったのかも

しれん。お袋が死んだのは生命保険が失効する二日前だった。そう考えると全ての辻褄が合うような気がした。

「あのよ、おばちゃん、お袋なんで死んだと思う」

もしかしてお袋は、俺を借金から守ろうとしてくれたのか。

「わからんねぇ。妙ちゃんの考えることは」

美枝子は、遠い目をし、わかっていても話そうとしないのか、本当にわからないのか判断がつかなかった。

しばらく思案した後美枝子は、「あのねぇ竜二君」と改まって俺に話しかけてきた。

「竜二君が、お母ちゃんのことをどんなイメージ持っちゅうかわからんけど、妙ちゃんは間違いなく竜二君が一番大事な人やったで。飲めん酒を飲みよったがも、色んなお客さんとつきおうてきたがも、『竜二のために頑張らんと』っていっつも言うてた。嘘やないで」

美枝子の言葉を、再び敬子が継いだ。

「妙ちゃんは不器用な人やったがやろうね。竜二君を愛しちょったけど、頑張りの向きが普通と違っちょったかもしれんねぇ」

「そうやろうか」

俺は、お袋が俺を自慢し、可愛がっていたことも、母親らしいことを言っていたことも何も知らなかった。

黙り込んだ俺に合わせ、皆が黙り込んだが、沈黙がこの上なく心地よかった。

敬子の店で二時間ばかり話し込んだ後店を出ると、すでに夕闇が迫っていた。中田が近づいてきて「今のお気持ちをどこかでインタビューさせていただけないでしょうか」と聞いた。俺は、中田とつきあってきて初めて穏やかな気持ちで提案を受け入れた。どこか静かな場所でと言われ、俺たち六人は難波の運転するワゴン車に乗り込み、敬子の店から車で一〇分ほどの土佐神社に向かった。

地元の連中にしなね様と呼ばれ親しまれる自然豊かなこの神社は、しなね祭や初詣の際には大賑わいとなるが、一〇月の夕暮れ時ともなるとすでに人影は殆どなかった。駐車場に車を止めると、東野さんら三人は車の中で待っていてくれることになった。

俺と、中田と成瀬は、駐車場から本殿へは行かず、反対の楼門側へ向かい、長い参道の途中の石垣に腰掛け話をした。わずかな街灯の下で中田は俺に今の率直な気持ちを話してくれといった。

「率直な気持ちか。そうだな、複雑だけど、親と子って同じ時間を過ごして、同じ景色を見ていたとしても、感じ方は全く違うんだな。起きた事から見えてくる真実も、それぞれの感情の数だけあるんだなと思ったかな」

「坂本さんに見えた真実とは何でしょう」

「お袋は不器用やったけど、俺を愛してくれていたこと。お袋がなんで死んだかは結局はっきりせんけど、少なくとも俺のせいじゃなかったこと。引き留められんかったけど、多分自分を赦すってこういうことなんやろなぁ。なんだか温かいふわふわした気がしてる」

「そうですか。それはよかったです」

中田はいつものしつこさはなく、あっさりと引き下がった。

インタビューが終わると成瀬にカメラを片付けさせ、先に車に戻るように命じた。

中田は、成瀬が歩き出すと、まっすぐに俺を見つめた。俺は、二人っきりになったことが気詰まりで、おちゃらけたことでも言おうかと思った瞬間、中田が口を開いた。

「坂本さん、坂本さんはお忘れでしょうが、私と坂本さんは実はこの仕事が初対面ではありません」

「えっ、そうやったか。何の仕事で一緒やった」

中田は一本の映画の題名をあげ、俺は少し驚いた。

「へぇ、じゃあ昔は映画関係の方のスタッフやってたんか」

俺は、監督や助監督ならともかく、大勢いる映画スタッフの一人を思い出せる訳がないと思った。

「いえ、そうではありません。私、二〇代は売れない役者だったんです」

「じゃあ、あの映画に出演してたんか。何の役やったん」

「坂本さん、覚えていらっしゃいませんか。たった一言の台詞にNGを二七回出した女優がいたこと」

「あぁ、あれか。えっあれがおまえか」

「そうです。あの時の家政婦役が私です」

俺は、あの映画で起きた、監督のいじめ事件をまざまざと思い出した。

自分も新人監督のくせに、名もない新人や売れない俳優たちに、何度もNGを出し明らかな嫌がらせをするので、現場は皆疲れ切っていた。俺はもちろん主役級の先輩方のようなポジションではなかったが、すでに名前が売れていたので、監督から酷(ひど)い扱いを受けることはなかった。

その日も家政婦役の新人女優がつかまっていた。

「お先に失礼させていただきます」

このたった一言を「違う！　違う！」と怒鳴り散らし、何度もＮＧを連発していた。新人女優は、萎縮し「すいません。すいません」と、ぺこぺこ謝り続け、何度もやり直しをさせられ、こっちもうんざりしていた。

緊張がピークになった女優を見てつい同情してしまい、俺もわざとＮＧを出してやった。

「すいません」と大声で明るく謝りつつ、新人女優に「大丈夫。俺だって緊張してんだよ」と話しかけてやった。するとその声を聞いた監督が「ほら、お前のせいで坂本さんたちの調子まで狂ってきたじゃないか」と怒鳴りつけてきた。

俺は、その一言で血が上り、次の瞬間「てめぇ、いい加減にしろ」と、監督をボコボコにぶん殴ってしまった。今なら大問題になるところだが、当時は現場での喧嘩や暴力事件も時々あり、それほど問題にもならなかった。俺が大手プロダクションにいたこと、主役も同じ事務所だったこともあったのか、穏便に済まされ、ＮＧを連発したシーンも無事取り終わった。もちろん仕上がった映画では、俺のシーンは大幅にカットされていた。

「私は、あの映画の後、女優は向いていないとあきらめ、今の制作会社に入りました」

「そうやったんか。あの女優がなぁ。驚いたわ」

「坂本さん、私をかばって下さったこと、とても嬉しく思いました。坂本さんが見かけによらず、細かい気遣いをされる方なのだと、そして女ったらしと言われるけれど、どちらかと言えば硬派な方なのだと知りました」

中田は「でも」と続け、あんな大事になってしまい、私はますます罪悪感でいっぱいで居たたまれませんでした。すごく嬉しかったたし、すごく有難かったたし、すごく感謝しています。ただ坂本さんは、思いやりを表現する向きが変なんです。だから私はずっと坂本さんが心配でした。あれから坂本さんの記事や作品を追いかけ、業界で囁かれる坂本さんの噂話を敏感に収集していました。いつか大失敗が起きるんじゃないか、いつか問題を起こすんじゃないか、ハラハラしていました。そして案の定今回の事件が起きたんです。

「でも私、この取材で良くわかりました。お母様も愛情の向きが独特ですよね。やっぱり親子ですね」

深刻な表情をしていた中田が、やっといつもの皮肉な笑いを浮かべた。

「坂本さん、今回の番組で私は借りを返します。坂本さんはご理解できないでしょうけど、全てを明らかにされた坂本さんの姿に、多くの人は感動するはずです」

「そうか。俺は今お前が俺を褒めてくれてるんだか、けなしてるんだかよくわからん」

「でしょうね」

中田は、眼鏡の縁を人差し指でずりあげ笑った。

「だがな、俺は感謝している。お前が俺を挑戦的にさせてくれなければ、俺は自分の過去に向き合えなかった。今まで一度も親の人生を知ろうなんて思ったことがなかった。よかったよ、今度の企画。最高によかった」

中田は俺をじっと見つめると、自分でも思いがけなかったのか、涙が一筋流れ慌てていた。

「人を助けるのは難しいな」

俺が、自虐的に笑うと、

「ええ、本当に」

中田も、泣きながら笑った。

梔子（くちなし）

その一　映画監督水野の話

坂本竜生の話が聞きたい？

おまえよくあんな昔のＤＶＤ化もされなかった廃盤映画のことがわかったな。どこの記者だ。フリーライター？　ふん、人の不幸で飯を食ってる奴らか。おまえ、自分の仕事が恥ずかしくないのか。どうせ、大した雑誌にも載らないんだろ。「週刊ハピネス」だと。笑わせんな。あんな三流雑誌の何がハピネスだ。ギャラは？　取材料くれるんだろうな。何、タダだぁ。そんなもんになんで俺がつきあわなきゃならないんだ。

酒、飲ませるって。しょうがねぇな。じゃあ、ついてこい。安くてしこたま飲める居酒屋があるから、そこへ行くぞ。

坂本竜生か。いけ好かない野郎だったぜ。シャブで捕まったんだろ。ざまぁみろ。しかもあんな大女優を女房にしておいて、ホステスとラブホテルでシャブ使ってキメセクしてるところを素っ裸で捕まったって。マヌケな奴だぜ。

えっ、服は着ていた。そうなのか。まぁ、どっちでもいいが最悪だよな。これで二度と芸能界には戻って来られないだろう。いい気味だぜ。俺はよ、あいつの事件をニュース速報で見た時、嬉しくて、久々に大声出して笑ったよ。

そうだよ『妻と夫の物語』。あの映画だけのつきあいだよ。あんな奴と二度と仕事をしたくなかったからな。

俺は、ずっと大海清孝監督の下にいた。おまえも知ってるだろうが、当時の大海組からは有名な監督が何人も輩出された。俺も、演出助手から段々上り詰めて、やっと助監督の一人になれた。

大海さんってのはさ、気難しくって、助監督なんかは人間扱いしないんだよ。その上大酒飲みでな。酒癖が悪くて、一晩中ぐだぐだ愚痴を言い続けて、最後は店を破壊するくらい暴れまくるどうしようもない人だった。何軒も出入り禁止になったもんさ。撮影が終わってこっちは早く寝たいのに、監督の子守で寝ることもできない。翌日はまた早朝から撮影だろ、こっちはへとへとだよ。だけど大海さんて人は、どんなに前の晩に大酒飲んでも次の日はシャキッと仕事をする人だった。あれだけは尊敬するね。

俺は大海さんの下で助監督やりながら「早く監督になりたい」と祈っていたね。才能のある奴らは、自分で企画したり、脚本書いて持ち込んだり、優秀なプロデューサーを見つけて独立していったよ。俺は、そんな奴らが羨ましくて嫉妬に狂っていた。独立した仲間を陰では「銭ゲバ」「おべっか使い」なんて悪口をいいながら、またそいつらに、演出や、助監督で使って貰うしかなくて、すっかり卑屈になっていた。

そんな時にチャンスが来たのがあの『妻と夫の物語』だよ。

九〇年代っていうのは日本映画の低迷期の真っ只中でな、ヒットする映画はアニメくらいしかなかった。ところが地味な中年男女の映画『We love ダンス』が大ヒットを飛ばした。二匹目のドジョウを狙おうってんで、大人の恋の物語を作ることになったんだ。

メインスポンサーは全国にチェーン展開するパン屋の社長だったな。こいつが映画好きってんで、プロデューサーがそそのかして金を引っ張ってきた。

プロデューサーなんてみんなそんなもんよ。ある程度博打打ちみたいな要素がなけりゃ、映画なんてギャンブルは打てないからな。もちろんローバジェット作品だったから、大海さんみたいな巨匠は使えない。そこで長年くすぶっていた俺に白羽の矢が立ったってわけよ。

「水野ちゃん、あんまり予算ないんだけどさ、初監督作品やってみる？」

長年つきあいのある、こすっからいけど憎めないプロデューサーから電話がかかってきた時は、天にも昇る気持ちだったよ。

「やるよ。やる、やる。是非やらせてよ」

俺は初めての監督作品でいきり立った。絶対に成功してやろうと思ってたね。

大海育ちの俺は、監督と言えば大海さんみたいな、破天荒で怒鳴りちらす人しか知らなかった。当然、俺もそうしたよ。監督が自分の世界観を守るためには、威厳と力が必要だからな。

だけど今考えりゃ、大海作品は大ヒットを飛ばしてたんだよな。あの人にしかない視点、カメラワーク、保守的なようで常に新しいものにチャレンジする精神。まさに芸術家だよな。だからこそ人格に難があっても人がついてきた。

当時の俺は、大海さんほどの才能もないくせに悪いところばっかり見習っちゃった。監督になったら、今まで辛抱してきた分、思う存分いばりちらした。

監督っていうのはなってみて初めてわかったけど、常に選択を迫られるから判断力や瞬発力が優れていないと務まらない。そのプレッシャーは、助監督の比じゃなかった。イライラが募って、特に若いポッと出の俳優なんか容赦なくストレスのはけ口にしたよ。

あの映画はローバジェットだけど、主演は当時の人気俳優、岩倉浩一に運良く決まったんだよ。その代わり、出演者は岩倉の事務所キアロプロダクションからグロスで起用することになった。言わばバーターって奴よ。その一人が坂本竜生だった。

新人監督の俺は、業界最大手のキアロには気を遣わなくちゃならねぇ。坂本竜生もまだ新人の部類だったが、例の大物女優との恋愛で、それなりに名前が売れていた。俺もちゃんと礼節を持って接したよ。

ところがあの野郎はかっこつけやがって、俺が新人女優をいびって、どうでもいい台詞に何回もNGを出していたら、ぶち切れてボコボコにぶん殴りやがった。全くいけすかない、ええかっこしいでよ。俺の立場は丸潰れよ。キアロ相手に喧嘩する訳にもいかないから、穏便に収めたけど、あいつの出番は編集で大幅に削ってやったよ。

もちろん『妻と夫の物語』は大コケした。坂本竜生にぶん殴られたこともあって、俺は俳優陣とついにギクシャクしたままだった。

大体新人いびりなんかに時間使ってたら、肝心の場面でカット割りも少なくなるし、台詞も直せない。照明や小道具のセッティングも凝れなくなるよな。どんどん時間がなくなっていって後悔したけど後の祭り。結局自分でも不完全燃焼のまま終わっちまった。

興行収入は六千万足らずで、制作費の半分すらも回収できなかった。広告費を合わせたらそれこそ目も当てられない大赤字よ。

「参ったね。初監督作品にしてはテーマが難しすぎたかな」

プロデューサーは俺にこんな嫌味な言葉を残して飛んじまった。小さな制作会社だったからな。長年世話になった金主に顔向けできなくなって、行方をくらますしかなかったんだろう。

「最初の一本を失敗したくらいでくよくよするな」

師匠の大海さんは珍しく優しい言葉をかけてくれたけど、これ以降仕事を回してはくれなかった。失敗したとはいえ、監督として独り立ちしたからには、自分で道を切り開けってことだろうな。

俺はこの映画の後企業の御用映像を何本か撮って、結局監督業に見切りをつけた。業界での俺の評判は最悪だったし、何よりも俺に監督の才能はないと、身に染みたよ。その後の不景気もあって、今じゃこうやって日雇い仕事でやっと生きてるがな。

おい、焼酎おかわりだ。

面倒くせぇな、ボトルを入れていいだろ。残ったら、俺がまた飲みに来るからよ。

つまみに白子(しらこ)あえもくれ。お前も食うか。ここの白子は精力つくからよ。取材の後ソープでも行こうぜ。出版社でそれくらいの経費出してくれるだろうよ。何、ダメだと。そんな経費出ない。使えねぇなぁ。最近のメディアはどこもしみったれてるよな。

あの頃の俺は、上っ面だけ大海さんの真似(まね)をして粋がっていた。大海さんの下でまるで奴隷のような働き方をして「今に見てろよ」と思っていた。だけど結局そんな恨み節で良(い)い作品なんか撮れやししないんだ。今ならわかる。自分のメンタルコントロールを含めて才能なんだってな。

たいした才能がない奴でも業界の第一線で生き残ってる奴らがいるだろ。俺はそういう奴らが大っ嫌いだった。「米つきバッタ」「機嫌取り」と蔑んでいた。

だがなそういう奴らには「辛抱」という才能があるんだよ。あとはな凡庸でも、人に好かれたり、チームをまとめられたり、ムードメーカーになれる、そういう才能がある奴らは生き残れる。

映画業界ってのは目立つ奴が生き残れる訳じゃない。所詮自分はパズルの一ピースだと、自分をうまくはめ込められる奴が生き残れるんだよ。俺は、そんな基本的なことがわかっちゃいなかった。いばって力で抑えつけて、自分の思い通りの作品さえ作れれば上手くいくはずだと信じてた。

坂本竜生はな、そんな俺の粋がった鼻っ柱をへし折りやがった。おまえの言うことなんか誰も聞かねぇぞとばかりに、ぶん殴ってきやがった。

だがなあいつもわかっちゃいなかったんだよ。自分がいつだって正しい訳じゃないってこと。その上、あいつは腕っぷしの強さを自慢に思っているガキみたいなところがあった。喧嘩っ早いところが恰好いいと思い込んでいたんだろうな。あいつは女にモテるだろ。女は強い男が好きだと信じ込んで、演じていたんだろうな。

へぇ、やっぱりあいつは極道の息子なのか。業界じゃちらほら噂されてたが、やっぱりそうか。親の生き方を見てきて、あいつは男らしさを履き違えたんだろうな。

俺も売れなかったとはいえ監督の端くれ、あいつはそんなに強い男なんかじゃないってことは見抜いていたよ。

撮影現場じゃいつも居心地悪そうにしていたし、やたらと目端が利いて先輩俳優に気を遣っていた。いきって豪快に見せながら淋しそうな奴だった。それでいてかっとなるとすぐ喧嘩。あれじゃあ世間が狭くなっていく訳だよ。まわりは「危ない奴」って思ってたからな。

なまじ中途半端に売れちゃって、大物女優が女房になっちまったんで、あいつに忠告してくれる大人が周りにいなかったんだろう。事務所だって売れてりゃあそんな性格でも「破天荒キャラ」なんて持ち上げてくるからな。他人ってのは怖いよ。ちやほやしてたって心の中では何を考えているかわからない。

俺はな、あいつの豪快に男らしく振る舞いながら、透けて見える小心さがイライラして大っ嫌いなんだ。俺に似ているから腹が立つ。多分お互いにな。

今度の事件、人の不幸は蜜の味じゃないけど、あいつの不幸ほど嬉しいものはないね。表舞台に二度と出てきて欲しくない。あいつの顔だけは一生見たくないからな。あんな奴が再浮上できるなら、俺だってできるはずだよな。

うん、無駄な夢は見たくないから、あいつには絶対再起して欲しくないな。

その二　同級生ユリの話

えっ、坂本竜生について話が聞きたいですって。

嫌よ、どうせあんたたちは面白おかしく書き立ててるんでしょ。私が、ペラペラしゃべったなんてことを知られたら、同級生に口きいて貰えなくなるわよ。竜二って竜生の本名だけどさ、私たちは「竜二のことはマスコミに絶対話さない」って地元じゃ結託してるんだから帰ってよ。

えっ、竜二の名誉挽回する記事にするって。

上手いこと言ったって騙されないわよ。竜二が昔言ってたわよ。

「マスコミはあることないことどころか、ないことないことばっかり書く」ってね。

田舎者だと思って舐めないでよね。竜二が全盛期の頃は、私らだって散々テレビや雑誌に取材されたんだから。こっちはこれでも経験豊富なのよ。

えっ、私が竜二の恋人だったんじゃないかって。

ちょっとやだぁ、誰がそんなこと言ったのよ。うん、まぁでも竜二は私のこと好きだったかもね。自分で言うのもなんだけど、私って男の子たちの憧れの的だった節があるからさ。ほらこの辺じゃちょっと有名な金持ちのお嬢様だしさ、自然とお姫様みたいに扱われちゃうところがあったのよね。

やだぁ、私自身はそんな気全然ないのよ。みんなと同じ、普通の女の子だと思ってたわよ。でも、自然にやっぱり別格っていう雰囲気があったんじゃないかな。

なによ、夕子ちゃん？　夕子ちゃんが男たちの憧れだったんじゃないかですって。なんであんた夕子ちゃんのことなんか知ってるのよ。あの人は、みんなの嫌われ者で、今で言ういじめの対象だったのよ。やだ、私はいじめたりしてないわよ。誰に対しても分け隔てなく優しく接してきたわよ。

でもさ、ここだけの話、夕子ちゃんは「パンパンの娘」って言われてたのよ。パンパンって知らない？　あんたいくつよ。へぇ、二十七歳なの。全然見えないわね。四十近くのおっさんかと思っちゃった。あんたね、いくらフリーライターだからってね、もう少し身なりに構った方がいいわよ。会社に出社しなくとも、人に会うのが仕事なんでしょ。まぁ、二十七歳じゃ、パンパンなんて知らないか。今じゃ差別用語で使われないだろうしね。

夕子ちゃんってのはさ、お母さんが高知の売春街の玉水新地で働いていたのよ。そうよ今でもあるわよ。何、さっき行ってきたの。じゃあ、わかるでしょ。だからね、なんとなく皆に敬遠されていたのよ。

なんか大人びた雰囲気でさ。小学校の頃から、ちょっと違ってたわね。こっちも避けてたけど、向こうも私たちのこと子供っぽくてバカにしてたんじゃないかな。

親しい友達なんか誰もいなかったはずよ。確か二十歳になる前に亡くなったんじゃなかったかな。中学もろくに来てなかったからよく知らないわ。

やぁね、私はいじめてなんかいないわよ。なんでそんなこと聞くのよ。夕子ちゃんのことも気の毒だなぁと思ってたし、あっそうそう、中学の時に夕子ちゃんのお母さんが亡くなってさ、可哀想で泣いちゃったくらいよ。なんで避けてたのかって、だってうちのお母さんが、

「あの娘と一緒に遊んだらいけません」って言うしさ。もちろん私自身はそんなことで差別する気持ちなんか全くなかったわよ。でも仕方なかったのよ。いじめなんて言葉もなかったし、そういう時代だったのよ。

竜二と私の関係？　やだぁ、別に何もないわよ。向こうが勝手に憧れてたかもしれないけどわかんないわ。

竜二が学生時代どんなだったかって。そりゃあモテまくってたわよ。私はさ、小、中学校と同級生だったけどね。竜二はもう小学校の頃から、可愛い顔した男の子だったな。確か四国電力だかなんだかのCMにもスカウトされたんじゃなかったかな。

「竜二がテレビに出ちょった」って大騒ぎになったの覚えてる。

同じクラスのサチ江ちゃんって言う子がさ、竜二のこと大好きでね。テレビアニメの主題歌で「好きよ、好きよ、竜二」って替え歌まで作って囃し立てられてたのよね。

まぁでも小学校の時は、普通だったかな。よく喧嘩もしてたし、勉強はまるっきりできなかったけど、どこの学校にも悪ガキだけどモテる子っていたでしょ。あんな感じだったわね。

中学に入ってからの竜二は、がらりと変わって一気に不良っぽくなっていったわね。いやでもあの頃の時代背景もあったかな。八〇年代の前半って、ツッパリが流行ってて、暴走族全盛だったからね。

えっ、ツッパリって何って。あぁ、ヤンキーのことよ。当時はツッパリって言ったのよ。若いから知らないか。映画で見たことあるって？　あぁそうそう最近また昔のツッパリが出てくる映画やってたもんね。あんな感じよ。

あの時代はさ、みんな不良ぶってたからね、そこそこ真面目な子でも、長いスカート引きずって歩いてた。まぁだから竜二もカッコだけで、大したことはやってなかったんじゃないかな。女の子に騒がれてはいたけど、竜二自体は硬派だったんじゃないかな。野球に打ち込んでたしね。

高校はもちろん私と竜二じゃ偏差値に差がありすぎて別々の学校に行ったんだけど、時々噂は聞いたかな。大抵は女の子がらみで、竜二が誰とつきあってるとか、竜二を取り合って女同士が喧嘩したらしいよなんて話だったわね。


夕子ちゃん？　なんでまた夕子ちゃんが出てくるのよ。夕子ちゃんはさっきも言ったように、中学にもろくに来てなかったから、存在自体が忘れられてたわよ。高校も行かなかったんじゃない。全く知らないわ。

えっ、夕子ちゃんが美人だったかって？　そんなことないわよ。雰囲気は大人っぽかったけど、目も鼻も口もこぢんまりしていて、これと言って特徴のない顔よ。あんたさっきからなんで夕子ちゃんにこだわるのよ。玉水って聞いて、どうせイヤらしいことでも考えてるんでしょ。

私はね、どっちかって言うと竜二の親友だった高橋(たかはし)君と仲が良かったのよ。彼は、小学校の先生になったから安心できたしね。親も私が三十過ぎてからはさ、「高橋君と結婚したら」なんてすすめたりしてきたのよ。

二十代の頃はさ、

「ユリの亭主になる人間は、そんじょそこらの人間じゃいかんき。婿に来てくれるええとこの息子を探しちゃる」なんて言ってたのにさ。

なかなか私と釣り合う男がいなくて、三十の声を聞いたら、急に弱気になっちゃってさ。腹立たしいったらなかったわよ。

丁度良かったんじゃないかって、冗談じゃないわよ。イヤよあの人、パチンコばっかりやってるし、真面目そうに見せて案外そうでもないのよ。結婚相手になんか考えられないわ。ダメよ、こんなこと他の人に言っちゃ。

まぁ、そうねぇ。うん、向こうは私のこと好きだったかもね。でも私は高橋君なんか本気の相手と見ちゃいない、ただの友達よ。

竜二とはね、竜二が東京に行く直前に偶然再会したのよね。私が大丸に買い物に行ったら、売り場に立ってるじゃない。ビックリしたわよ。

「あら竜二じゃないかえ？」って私が声をかけると、竜二は誰だかわからないような顔してたわね。

「ユリよ。小中学校で同級生やった」

「おぉ、ユリか。久しぶりやにゃあ」

この時は、私が知ってる竜二とはがらりと変わったなって思ったわね。なんかチャラくなったというか、昔は、周りが騒いでも竜二は割と硬派で、どっか翳があるような、人を寄せつけない雰囲気があったけど、明るいナンパなチャラい男になってたわね。

立ち話してたら、「今日この後、ダチと〈アメ広〉行くけど、お前も行かんかや。友達も連れて来いよ」なんて誘ってくるじゃない。

『アメリカ広場』っていうディスコが流行ってるのは知ってたけどね、私はディスコなんて好きじゃなかった。でもさ正直、竜二と連れだって歩くのは悪くないかもと思ったんでＯＫしたのよ。だって、イケメンの竜二と歩くのは目立つし、自慢できるじゃない。

アメ広に料理教室で知り合った友子ちゃんを誘って行ったらさ、竜二は、半沢君っていうこれまたチャラッチャラのチャラ男を連れてきてたわ。

半沢君が、

「ユリちゃんは竜二とどういう知り合いなが？」

なんて聞いてきたんだけどさ、竜二の奴、

「何の知り合いやったっけ？」

同級生だってことも、さっきの会話も全く覚えちゃいないのよ。驚いちゃったわ。

憧れの的だったんだろって。そうよ当時はそうだったんだけど、多分、竜二は勉強がまるっきしできないくらいだからさ、記憶力が異常に悪いんだと思うわ。

半沢君ってのも、背は低いんだけど、これまたいい男でさ、竜二と二人でいたらそりゃあ目立ってたわね。

「俺らぁ、トムとジェリーって言われゆうきにゃあ」

言い得て妙だなって思ったわ。

グレーのボックスプリーツスカートに、白の丸襟ブラウス、それに紺のジャケットっていう私の出で立ちを見た竜二から、

「ディスコに来るのに、えらい堅い恰好してきたにゃあ」

なんて言われたけどさ、そりゃそうよ。当時流行った下品なボディコンスーツなんて、我が家では

お母さんが許してくれないもの。

それに私自身も、至って上品な恰好を常に心がけていたわ。だっていつ誰に見られているかわからないじゃない。未来のお婿さん候補に、遊び人と誤解されたら困るもの。

四人で踊ってたらさ、チラチラ周りの女の子たちが、こっちを見るのよ。気分良かったわ。他の女たちが羨ましがるようないい男にエスコートされてるわけだからね。まぁ当然よ。一緒に来た友子ちゃんも、ディスコなんて初めてでさ、私が誘ったら、

「ユリちゃんとご飯食べに行ってくる」って親をごまかして、お母様のスーツを借りてきたっていう正真正銘のお嬢様。私たちは、夜な夜なこんなところで遊びまくってるような浮ついた女たちとは格が違うのよね。竜二たちもさぞかし鼻が高かったと思うわ。

そのうちチークタイムになったらさ、竜二も半沢君もさ、さっさとフロアに戻っていくわけ。竜二たちもやっぱり私たちみたいなお嬢様相手となると遠慮しちゃうんでしょうね。

「竜二、チーク踊っちゃってもえいで」

まぁ、ほんの気まぐれだったんだけどね。ちょっとは優しくしてあげてもいいかなぁと思ってさ、言ってあげたのよ。

でも竜二ったら、

「ユリにはチークは似合わんき。おい、もう遅うなったき、はよ帰れや。親が心配するぞ」

なんて言っちゃってさ。やっぱり竜二は私のこと大事な特別な女って思ってたみたいなのよね。

早々に入り口まで送ってくれたわ。

エレベーターが閉まった瞬間、

「半沢、すまん！」
竜二の大声がドア越しに聞こえてきてさ、半沢君はもっと私たちと遊びたかったのかもね。でも竜二が私を大事にしたいから早々に帰したってことで、謝ってたんじゃないかな。

ホント竜二は遊び人の女ったらしみたいに言われてるけどさ、根は真面目で純情なのよ。私から見たら可愛いところがあったわね。

竜二の女性問題はさ、多分まわりの女たちが悪かったんじゃない。世の中、私みたいに品や節度を保てる人間ばかりじゃないでしょ。女たちに強引に押し切られるとイヤと言えないタイプだったんじゃないかな。

ちょっと、こんなこと誰にも言わないでよ。私は断じて取材には応じないんだから。竜二が私のこと好きかもしれないって、同級生とか親しい友人のごくわずかにしか話したことないんだからね。

思われても、当時の私とじゃ家庭環境も釣り合わなかったのよ。竜二にとって憧れの的だった私とディスコに行けたのは、青春の良い思い出なんじゃないかな。

今じゃ、両親ともに亡くなって、目減りしてきた遺産を食い潰してる身だけどさ、あの頃の私は竜二にとって高嶺の花だったわけ。

そうそう、竜二の別れた奥さんいるじゃない。あの人に良く似てるでしょ私。結婚した時、「あぁやっぱり竜二は私のこと好きだったんだな」って確信したわよ。

でも、こんなこと絶対に言っちゃだめよ。竜二の秘めた想いなんだから。

とにかく取材は絶対お断り。さぁ、さっさと帰ってよ。

その三　先輩俳優永澤の話

坂本竜生について？　何が聞きたいんだよ。

事務所を通じて許可を頂きたいだと。おまえ、俺が何年俳優やってると思ってるんだよ。いちいち事務所に決めて貰わなくてもな、俺が自分で判断する。事務所だって取材くらいでいちいち文句なんか言わねぇよ。

言っとくがな、坂本竜生はおまえらがイメージしているような奴じゃない。俺にとっちゃ可愛い弟分なんだ。それを皆、捕まったとたん手のひら返ししやがってよ。あいつの報道に、俺は腹が立ってんだ。

いいかおまえ、坂本竜生の連載をやるなら、俺の話を一言一句俺が話した通りに書け。原稿は、勝手に出すな。必ず俺にチェックさせろ。だったら話してやる。よし、条件呑むんだな。必ず守れよ。

俺と、竜生の出会いは、太秦で撮影された時代劇で共演したことだった。

いや、連ドラじゃない、スペシャルの単発ドラマだった。一九九〇年代はバブルがはじけたとはいえ、まだテレビ全盛期でよ、二時間ドラマでも一ヶ月近く撮影するっていう余裕があった。良い時代だったよ。その頃は、時代劇もまだ沢山作られてた。おまえも知ってるだろ「仕事屋シリーズ」が大人気だった頃だ。

俺は竜生演じる女形に惚れてる侍の役だった。その時の太秦はロケが詰まってたんだろうな、俺の場合、楽屋は大抵個室を貰えたが、この撮影では空きがないってんで竜生と相部屋だった。

俺は、別に気にしないが、竜生はまだ新人だろ。傍から見てもわかるくらい緊張していたな。部屋の隅っこでかしこまってるからさ、コーヒーをあいつの分も持ってきてやったら、えらく感激してたよ。

俺はさ、後輩いびりとか新人いびりなんて大っ嫌いだしよ、どうせ仕事するなら雰囲気が良い方がいいだろ。竜生のことも何かと気にかけてやった。あいつはまだ新人だったし、出番なんか俺より全然少なかった。それを楽屋でかしこまってじっと座ってるんだよ。

「おまえ、俺はあまり楽屋に戻ってこないんだから、番手が遅い時は横になっててていいぞ」

「いえ、とんでもないっす。お邪魔してるのは俺なんで」

「おまえが緊張してそこにいるとこっちも疲れるから、楽にしろよ」

「はぁ、すいません」

なんてやりとりしてたな。

まぁ、でも打ち解けていったのは、飯食ったり、酒飲んだりするようになってからだった。

竜生は、太秦の撮影が初めてでよ、京都のこと何も知らないんだよ。俺が馴染みの料理屋や、クラブなんか色々連れて行ってやった。『さゆり』っていう元祇園芸者がやっている、俳優や財界人、政治家なんかが来てる有名なクラブに連れて行ってやった時にさ、さゆりママが、

「敏夫さん、この子絶対売れるわよ」って言ったんだよな。竜生も喜んでた。さゆりママってのはさ、百戦錬磨の男たちを相手にしてきただけあって、不思議な審美眼を持っていた。

「ママがそう言うなら、竜生、間違いないぞ」

「はい、嬉しいです。頑張ります」

俺が励ましてやると、竜生も真っ白い歯を見せて笑ったよ。俺も竜生も野球やってただろ。体育会系のまっすぐなノリで気があったんだよな。

竜生もだんだん打ち解けてきて、俺に甘えるようになった。

「敏夫さん、この後アダルトショップつきあって下さいよ」

「やだよ、なんでそんなとこ行きたいんだよ」

「いやあ、つきあってる女の誕生日なんで。ジョークでセクシー下着も入れとこうかと思ってるんすよ」

「ばかだな、おまえ。そんなことしたら嫌われないか」

「大丈夫っすよ。ノリの良い奴ですから」

俺も男だから、もちろん興味がないわけじゃないだろ。だから一緒に行ってさ、内装が全部紫の毒々しい店で、スケスケのパンティとか、Tバックとか二人で、あぁだこうだ言いながら選んだよ。

店員も芸能人相手だから張り切ってアドバイスしてきてさ、まるで青春映画みたいで楽しかったな。店にサイン飾りたいって言われたのは、さすがに断ったけど。

「敏夫さんも奥さんにプレゼントしたらどうっすか」

なんてのせるもんだから、俺も黒のスケスケレースのTバック買って女房に渡したら、

「馬っ鹿じゃないの」の一言であっさりポイよ。

「あなた京都で何やってるの」

なんて怒られちゃうし、あいつのせいで散々だよ。

この京都の撮影以来、俺は竜生と仲良くなって、時々テレビの企画が来ると、竜生を相棒に指名するようになった。

俺は、もともと自然派で農業に興味があるのは知ってるだろ。自分の畑も持っていたしな。だからそういう仕事がちょくちょく舞い込んでくるんだけど、竜生は全く違う。ネオン街とバイクと女。キャラが違いすぎてそれが番組的に面白かったんだろうな。企画はすんなり通ることが多かった。

一度なんか、鹿児島の養鶏場の手伝いをするっていう企画だったのにさ、あいつは朝早いのが嫌だとか、養鶏場の臭(にお)いが耐えられないとか文句ばっかり言ってさ、全く、起きてこないんだよ。俺がブツブツ文句を言いながら一人で作業してさ、竜生は昼頃起きてきては、ちょこちょこっと軽作業だけ手伝って、飲みに行っちゃう。なのに地元の人に超ウケてさ、

「坂本竜生さんは、気さくでよい人」

なんてコメントが入るわけよ。狙ったわけじゃなかったのに、俺と竜生のキャラ対比が面白いってウケたんだよな。

竜生が事件を起こした時？

「何やってんだ！　あの野郎」って叫んだよ。だって竜生が捕まったのは五十歳過ぎてからだろ。そんな年まで馬鹿やってると思ってもみなかったからな。

それに業界じゃ「おしどり夫婦」で有名だったし、実際あの二人はうちにも遊びに来たことがあっ

白やってるように見えたな。たけど仲の良い夫婦だったよ。そりゃ圧倒的に洋子ちゃんの方が売れっ子だった。格差婚なんて言われてたけど、洋子ちゃんはそれで偉そうにするような女房じゃなかったし、むしろ竜生の方が亭主関白やってるように見えたな。

可哀想に洋子ちゃんは、ちょうどその時、ロケだったらしいけど、事件のこと聞いて倒れちゃったらしいよな。今じゃもう、竜生のこと吹っ切ってまた活躍しているから、ホッとしてるよ。

竜生のやったことは愚かだ。だけどな、その後の報道はあまりにひどすぎる。竜生が、洋子ちゃんのヒモだったなんて書かれたけどさ、竜生だってあれだけ作品に出てたんだから、収入はそれこそ普通のサラリーマンの何倍もあったはずだぞ。竜生はバイプレイヤーだったけどさ、この業界には「主役貧乏」って言葉があるんだよ。主役級になると、脇役の様に沢山の作品には出られない。事務所がギャラを吊り上げるから、出られる作品は限られてくる。もちろんバラエティなんかには格も落ちるし、ギャラも折り合わないんで出演できない。仕事が切れ目なく入るバイプレイヤーの方が実際には稼げたりするんだよ。もちろん洋子ちゃんは主役級で、しかも売れっ子だったから、竜生より稼いでいたことは間違いないよ。でもヒモはないよな。

あと業界人の手のひら返しにはあきれたよ。竜生はさ「人たらし」なんて言われて、人に取り入ることがうまいなんて散々書かれてたけどさ、むしろ逆だよ。竜生はどっちかっていうと、単純な馬鹿で、脳みそを中学に置いてきたような奴なんだ。教養なんてまるでない。しかも思春期そのままで、恥や失敗を極度に恐れるええかっこしいのところがあった。

人に取り入るなんてことは、あいつの美学に反するんだよ。学生時代って昔からそういうもんだろ。

学生たちは大人の打算や、身びいき、損得勘定が見過ごせないっていう、よく言えば純粋、悪く言えば現実が見えていない。しかも学生時代っていうのは、頭でっかちで経験値が低いから他者批判は鋭いけど、自分には目が向かない。竜生はそういう子供っぽさを抱えたまま大人になったような奴なんだよ。

　俳優っていうのはさ、人の人生を演じるわけだけど、台詞をただ読み上げればいいわけじゃない。そこにいかに自分の個性が出せるかが勝負なんだ。言われた通りしゃべるだけなら、それこそ高校の演劇部でもいい。俳優は、人の人生の仮面を被（かぶ）りながら、いかに自分の内面をさらけ出せるかが勝負なんだ。

　竜生はさ、小器用に役をこなして演じることができた。重宝な役者だよな。視聴者が思うような坂本竜生、監督が演じさせたい坂本竜生、共演者がやりやすい坂本竜生、そういう期待される役柄をこなすことが上手かったんだよ。

　だけど俺はさ、竜生がもう一つ壁を突き破るためには、そんな子供っぽさを捨てること。本当の自分をさらけ出し、与えられた役の中に、自分の個性を投影させられるようになることが必要だと思っていた。俳優っていうのは、奥が深いんだよ。

　竜生は、計算高い奴じゃない。むしろわかりやすすぎるくらいわかりやすい単純な奴なんだよ。大体計算できる奴なら、愛人とラブホで薬物なんかやらんだろ。

　計算高かったら、洋子ちゃんの夫という地位にしがみついて、洋子ちゃんをもっと利用したはずだろ。自分の事務所に引っ張っちまうとか、洋子ちゃんの威を借りて独立するとか、そんな奴らいくらでもいるじゃないか。

夫婦に限らず、親にもそういう奴らいるよな。竜生は、単純な中学生脳だからさ、一生懸命男らしさを演じてて、誰かの威光を借りるなんてのは、あいつのプライド的に許さないんだよ。

しかも竜生が馬鹿なのは、ちょっと親しげに近づいてきた奴にはすぐ心を許しちゃうところなんだよ。ワイドショーで一番叩(たた)いていた芸能リポーターいただろ。竜生の逮捕直前に一緒に飯食ってたとかで「迷惑です」って言った奴。白々しいよな。逮捕直前の様子を知ってたなんて、あいつらの仕事からしたら、おいしくって仕方ないだろうよ。

竜生は前からあのリポーターのこと「良い人なんですよ」なんて言ってた。そりゃそうだろうよ。リポーターはまだ知られていない秘密を握るのが商売なんだから、感じよく近づいてきて、うっかり何か口を滑らすことを待っててんだからよ。そんなこと芸能人なら誰だってわかるだろうに、竜生にはそういう危機回避能力が備わってないんだよな。

業界も売れてる俳優にはチヤホヤするけど、ひとたび窮地に陥(おちい)ると巻き込まれないように必死だな。確かに、あらぬ疑いをかけられて迷惑かかった奴もいたらしいけど、俺は、「竜生と親しかった。竜生を可愛がっている」ってこれからも堂々と言っていくよ。

もう薬物なんて馬鹿なものには手を出さないってあいつが誓うなら、俺は、再起のためにできるだけのことはやってやるつもりだよ。だってよ、竜生には五十過ぎて芸能の仕事以外に就(つ)けるほどの能力がないんだよ。放っておいたら、生活に困ってそれこそ悪の道に染まるしかないだろ。

芸能界にいた人間がさ、社会に迷惑かけないように業界はもっと責任持たなきゃいけないよな。業界人はそれが全くわかってないよ。竜生が出てきたら、俺は竜生に芸能界の薬物教育でもやらせようかと思ってる。各プロダクションがさ、自分とこのタレントの相談ができるようなシステムがあったらいいよな。

とにかく俺は、こんな叩くだけの報道なんか無意味だし、腹が立ってしょうがねえんだよ。おまえ、バッシングだけじゃ解決にならないってはっきり書けよ。わかったな。

その四　小学校の担任中村の話

竜二君の話？

さて、そんな生徒いましたかなぁ。なんせ九十歳近くにもなりますと、物忘れが多くなりましてなぁ。

あなたさんは、どこからおいでになったんですかな。へぇ、東京から。それははるばるご苦労様です。

どこの新聞記者さんで？　新聞記者じゃない、週刊誌のフリーライター。出版社の方ですか。そうじゃない？　会社に属してないんですか。最近の働き方はさっぱりわかりませんなぁ。それじゃあ、老後が大変ですよ。

しかしよくこの介護施設がわかりましたな。何、教え子たちから聞いた。そうですか。教え子に施設の関係者がいたんですか。まぁ、高知の街は狭いですからなぁ。俳優になった生徒、そういえばそんな生徒がいましたな。申し訳ないですが、その子のことは何も覚えとらんです。

何ですって、夕子。夕子のことをご存じでしたか。はい、よく覚えてますよ。若くして亡くなってしまいましてな。あの時は、本当に落ち込んだもんですよ。

ええ、そうです。玉水の子でした。小学生の時から色気のある子でしてね。可哀想に、子供は残酷ですからな。色眼鏡で見られて、いじめられていましたよ。私がですか。私が夕子を一緒にいじめていた？　誰が、そんなことを言いましたか。担任として、断じてそんなことはありません。私は夕子がなんとかクラスに溶け込めるようにあらゆる努力をしたもんです。

あのクラスにはユリという金持ちの娘、確か親御さんは建設会社の社長でしたかね。私は、放課後ユリを呼び出して、

「夕子と仲良うしちゃってくれんか」と頼んだりしたもんですよ。

ユリは、クラスの女子を仕切ってましたからな。

「でもお母さんが夕子ちゃんと仲良うしたらいかんって言ってるから、先生に頼まれると困ってまう」

ユリは下を向いてもじもじしてましたよ。そしたらすぐにユリの母親から学校に電話があって、

「玉水の子と仲良くしろなんて、先生教育上良くありませんわ。何を考えていらっしゃるの」

そう怒鳴られてうまくいきませんでしたよ。昭和四〇年代には、まだまだ差別や偏見がまかり通っていましたからな。

子供たちのことを考えて「好きな人同士で班を作れ」と言うと、夕子と同じ班になりたくないと大騒ぎで、どこかの班に入れるのに苦労したもんですよ。

何、それがいけなかったんじゃないかって。いやいや強制的に割り振っても、どっちみち騒ぎになったもんですよ。

男子がどうだったかですって、似たようなもんでしたよ。

そのクラスに坂本竜生という俳優がいたんですか。ほう、そうですか。確か、高橋先生のお孫さんがクラスにいたんじゃないですかな。やっぱり。そのクラスでしたか。なんせ昔のことですからなぁ。

あまり覚えていませんなぁ。

　夕子と関係があったんじゃないかって。私が夕子の身体を買いに玉水に通っていたって。冗談じゃないですよ。

　じゃあなんで、夕子のことだけ覚えているのかって。はて、あなたさんは何でここに来られたんでしたっけね。坂本竜生を調べてる、なるほど。私や夕子の話を取り上げる訳じゃないんですね。

　ではこれまで誰にも話したことのなかった秘密を話しましょうか。老い先も短いことですし、ずっと抱えてきた心の重荷を私もそろそろ下ろしておきたいですから。

　夕子のことをよく覚えているのは、そりゃ私が夕子と同じことをしてきたからですよ。えっ意味がわからない。そうですかねぇ、若い人には想像もつかんでしょうかね。


　私は、高知の生まれじゃありません。花の東京それも浅草で生まれたんです。父親は大工でした。私が生まれたのが昭和九年。私はあの頃には珍しいひとりっ子なんです。

　誤解している人が多いですが、戦前ってのは日本は豊かで文化があったんですよ。私はその文化の中心浅草にいて、当時は親父も羽振りが良かった。この親父がまた演劇なんかを見るのが好きでねぇ。浅草といえば六区の映画街。それに当時はエノケン・ロッパの黄金時代でしょ。私なんかはもう物心ついた時からそんな喜劇を観て育ったんですよ。

　良い時代でしたなぁ。えっ、エノケン・ロッパなんて知らない。それはお気の毒ですなぁ。あんな面白い喜劇名優は他にいませんよ。そうそう浪曲師の広沢虎造なんかもよく聞きましたなぁ。

「虎造は上手いねぇ。声が渋いや。歯切れが良くって気持ちがいいもんだ」

虎造の次郎長伝をラジオで聞きながら、晩酌で機嫌良くなっている親父の姿が今でも目に浮かびますよ。親父は生粋の江戸っ子でしたからね。広沢虎造を「しろさわとらぞう」と言ってましたよ。

戦前の私は本当に幸せでした。でも当時は誰でもそうですが戦争で一変するんですよ。親父は兵隊に取られて戦死。浅草なんて東京大空襲で焼け野原でしょ。戦後、福島の疎開先から帰ってきたら家がなくなっていました。

母親はなんと名古屋の中村遊郭にいたんですよ。ええそうです。日本でも有数の遊郭です。あそこは戦災でも焼け残った大店がいくつかあったんです。

まぁ、でもその時母親はすでに四十過ぎていましたからね。さすがに身体を売っていた訳じゃなくて、遊郭の下働きですね。母親の姉つまり私の伯母が名古屋に嫁に行っていたんです。母は姉を頼ってみたものの当時はみんな困ってましたでしょう。そんなところに嫁の親族が転がり込むなんて、伯母も肩身が狭くなって居たたまれなかったようです。

そこからまた伝手を頼って遊郭に転がり込んだ。三畳の布団部屋兼女中部屋に住まわせて貰っていました。

そんなところに思春期の息子が帰ってきてごらんなさいよ。昼間っから女たちのしどけない姿を目の当たりにして、夜は男女の営みの声がそこら中から聞こえてくる。頭がおかしくなりそうでしたよ。

母親は、洗濯や子守をしたり、えぇ、当時の遊郭には父親がハッキリしない子供たちがゴロゴロしていたんですよ。昭和三一年の売春防止法によってそういった子供たちは施設に引き取られていったりしましたがね。必然的に私も母親の手伝いでこき使われることになりました。

でも遊郭の娼妓たちは優しい人が多かったですね。旦那衆が姐さんらのご機嫌取りにぜんざいなんかを闇市で手に入れてくると、ほんの一口ばかりですが私にも分けてくれたりね。当時は、甘い物は貴重品でしたからね。そりゃあ嬉しかったもんですよ。

だから夕子にも同情してたのかって。いやこの程度のことで同情してやったんじゃ夕子に申し訳ないでしょ。薄っぺらな同情なんか、あの子は撥ね飛ばすくらいの芯がありましたしなぁ。私はねぇ、男娼だったんですよ。

名古屋には四年ほどいました。そしてなんとか復興してきた浅草に戻ることができました。戦後の浅草の復興も目覚ましかったですからね。

母親は映画館の切符のもぎりや、食堂で掛け持ち仕事を見つけてね、食い扶持を得ることができました。

私は中学を卒業する年になっていた。母親は私が夫と同じ職人の道に進めばいいと思っていたんでしょうな。高校に行かせるなんて頭は全くなかった。

でも私は勉強が結構できてね。遊郭でつくづく思ったんですよ。幅を利かせている旦那衆と、貧しい家から売られてくる女たち。俺は学問をして世の中を変えるんだ、なんて頭でっかちのことを思ってた。

だけど母親に学費を出してくれとは言えないですよ。

「母ちゃん、学費は自分で稼ぐから高校に行かせてくれ」

なんとか頼み込んでね、高校に進むことができたんですよ。もちろん最初は新聞配達から、酒場のウエイターまで朝から晩まで働けるところがあればなんだってやりましたよ。

でもね、そんな小遣い稼ぎじゃ大学までは行かれない。だからね、大学にも行きたかった私は、身体を売ったんですよ。ええ、私は遊郭にいたせいなのか、それとももともとの気質なのかわかりませんがね。女性には興味が湧かないんです。だから夕子を買っていたなんてとんでもないデマですよ。

今はホテル街になっている湯島ってあるでしょう。あそこは江戸時代は陰間茶屋があったんですよ。ええ陰間茶屋ってのは、男が男を買うところです。

女色を禁じられた僧侶なんかが利用したんですよ。上野には寺が多かったですからね。隣の湯島に陰間茶屋が作られたんでしょうな。昭和の時代になっても、湯島のあたりはいわゆるハッテン場でね。私はね、そこで身体を売って大学を出たんですよ。

そりゃあね、罪悪感もあったし、時には反吐がでそうな嫌な客もいましたよ。でも若い頃はそれでも夢がありますからね。なんとか乗り切れた。

過去のことで苦しみ出すのはそれこそ中年以降のことですよ。突然、当時の光景がよみがえってきて、

「わぁー！」っと叫びだしそうな時が何度もありましたよ。あれを世間じゃトラウマって言うらしいですね。

何で高知に来たかって。そりゃ男娼だったんですからね。東京で教師をやったんじゃどこで誰に会うかわからない。だったら「あの坂本龍馬を生んだ高知に行こう」って単純な理由ですよ。

母親は寂しがっていましたがね。最後は高知に呼び寄せ私が看取りました。

「学問をして貧しい女たちを救って、世の中をよくするんだ。それには教育だ」

なんて意気込んでいましたけど、結局夕子一人救えなかったんです。夕子だけじゃない、いまだに自分すら救えてないんですよ。

あぁ、今日は良かったですよ。長い間胸の内に秘めていたことをこうして話せて。なんだかスッとしました。

ところであなたは何しにいらしたんでしたかな。

その五　同級生高橋の話

竜二の話が聞きたいんですか。

えっ、中村先生にもユリにも会ったんですか。困ったなぁ。昔のことあんまり話したくないんですよ。

ええ、高知は好きですよ。竜二も大親友だと僕は今でも思っています。どんなルポを書くんですか。

竜二の人となりが知りたい、細かいエピソードは出さない。そうですか。原稿チェックはさせて貰えますか。わかりました。竜二のためになるなら、僕の知っていることをお話ししましょう。


竜二と僕は、小学校から高校まで同じ学校という腐れ縁です。僕は教師をやっていた時もありましたが、勉強はからきしダメでした。三十の時に教師に見切りをつけて東京に来ました。その時、頼ったのが竜二です。当時、竜二はもう芸能人になっていました。

「なんでもいい。仕事を紹介してくれ。それと東京に行ったら、しばらくおまえのところに泊めてくれんか」

「おう、来いや。いつまでおってもえいぞ」

竜二は、芸能人になっても昔のまま気さくに僕を受け入れてくれました。

貯金ですか。ええ、全くありませんでした。その頃の僕はパチンコにはまってしまって、貯金どころか借金を抱えていました。竜二を頼るしかなかったんです。東京でやり直そうと思いました。

それに僕はもともと映画好きで、竜二のコネで映画関係の仕事に就けないかなという思いもありました。

最初は、大都会東京ですからね。僕も見るもの、聞くもの全てが珍しくって、竜二も張り切って色々連れて行ってくれるものですから、一ヶ月くらいはあっという間に過ぎてしまいました。そのうち竜二が、

「おまえ、仕事せんといかんろうが。うちの社長に言うちゃるから、マネージャーでもやれや」と言ってくれたんです。

僕は有難くお願いすることにしました。無事、採用して貰うことができて、大して売れていない俳優たちでしたが、何人かのマネージャーをやらせて貰えることになりました。

芸能界の仕事は楽しかったですね。特に映画の撮影現場なんて行く時はテンション上がりました。大海清孝監督の現場なんて、昔からの憧れの人ですからね。もちろんお声なんてかけられませんが、生の姿を見られただけで、

「生きてて良かった」と思いました。

竜二とは例の女優さんとつきあうまで、なんだかんだでずっと一緒に住んでいましたね。

竜二が映画の台詞を覚えていた時に僕の転機がやって来たんです。竜二の相手役を引き受けて台本読みをやっていたら、どうにも台詞がしっくりこない。ここの台詞こう変えて、展開もこうしたらいいのになと、細かいディテールは忘れましたが、そんなようなことを言ったんです。そしたら竜二がえらく感動した。

「そうや、そのほうがええわ。明日、監督に言うてみる。それよりおまえ、脚本書けや。国語の先生

やったがやろ。良い脚本書けるがやないかや」

こうして竜二の勧めで書いてみた初脚本が『想い出の夏』です。えぇ、トレンディドラマと呼ばれ大ヒットしました。僕が今、人気脚本家なんて言われるようになったのは竜二のお陰なんです。

まさか竜二と花の都東京の、しかも芸能界で活躍できる日が来るなんて、十九歳の頃には思ってもみませんでしたよ。えぇ、夕子が亡くなったあの年にはね。


夕子は、僕ら同級生の男たちのマドンナだったんですよ。大人っぽくて、優しくて、いじめにもめげない夕子。派手な美人じゃないけど、色気があって、僕たち本当は夕子が大好きだった。

でも、小学校の四年生の頃ですかね、どこかの誰かが「パンパンの娘」と悪口を言い出し、からかったり仲間はずれにしたりするようになった。もしかしたら悪口は親たちから広まったのかもしれませんが、いずれにせよ夕子はいじめの対象になってしまった。こうなっちゃうと助け出すのは難しいですよね。今度は自分がいじめられるかもって怖くなりますから。結局、自分たちも仲間外れにするようになった。酷いことをしたなと、僕も竜二もずっと後悔することになります。

もうご存じなんですよね？

夕子が中学時代から、母親と同じく玉水新地で働き始めたこと。そして僕たち同級生が、実はみんなこっそり客として通っていたこと。

夕子のお葬式には、同級生の男たちが押し寄せたのには驚きましたよ。僕も竜二も、夕子のことは自分だけが知っていると思っていたのに、実はみんな通っていたなんて。

えぇ、あのお葬式の日に中村先生とも再会しました。僕はその後教師になりましたからね。葬式後も、先生には時々お目にかかっていましたよ。でも僕が高知を出てからは音信不通でした。それが突然、中村先生から僕に連絡が来たんで驚きましたよ。

えぇ、あなたが会いに行かれたからでしょうね。先生が急に思い出された。そして僕の実家に宅配便が届いた。

「坂本君とやらが薬物で逮捕されたそうですね。私は覚えていませんが、こういう事件があると、有名な方は口無しになるしかありません。高橋君どうか力になってあげて下さい」

これ梔子(くちなし)の花なんだろうな。先生らしいシニカルな比喩で、絵手紙になっていました。

そして文末に「私は、もう長くありません。あなた方にお返しします」ってね。何のことかと思いましたよ。

えぇ、送られてきたのは小学校卒業の時に校庭に埋めたタイムカプセルだったんです。

あの頃、「二〇年後の私へ」なんて書いたんですよ。それぞれガチャガチャのプラスチックケースに入れて、それをせんべいやクッキーのでっかい缶に詰めて、校庭に埋めたりするのが流行っていたんですよ。それを僕らもやったんです。

本当に二〇年後に掘り起こすセレモニーがあったらしいんですが、僕と竜二は東京だったんで、わざわざそんなものに行かないじゃないですか。そして夕子は亡くなってしまった。

三人のカプセルだけが先生の手元に残されてたらしいんです。先生、急に気になったんでしょうね。

僕は実家がまだあるし、教師繫(つな)がりで覚えておられたんでしょうね。

中身ですか。はい、見させて貰いました。悪いけど、竜二と夕子の分も。

僕ですか？

「二〇年後のぼくはきっと有名な映画かんとくになっているよね」

なんて書いてありました。監督にはなれませんでしたけど、今の自分には十分満足しています。

竜二ですか、あいつは、

「よめさんと子どもが二人いて、しあわせなかぞくを作っているよな」

なんて平仮名ばかりの汚い字で書いてましたね。

竜二は温かい家庭に憧れていたんでしょうね。事件で温かい家庭を自分で壊(こわ)してしまいましたが。


夕子ですか。ええ夕子には参りましたね。

竜二が出てきたら真っ先にこれを見せるつもりです。もう辛(つら)くて。早く竜二に出所して欲しい。この気持ちをわかり合えるのは竜二だけですから。

「いじわるをしてしまった人たちが、二〇年後に後悔していませんように。私はだいじょうぶ。元気です」

夕子――。あいつは本当の聖母(マドンナ)だったんですよ。参ったな。本当に。

初出

「アロエの葉」（「小説宝石」二〇二一年四月号）
「シクラメン」（「小説宝石」二〇二一年一・二月合併号）
「喧嘩草」（「小説宝石」二〇二二年一・二月合併号）
「昼咲月見草」（「小説宝石」二〇二一年八・九月合併号）
「リラ」（「小説宝石」二〇二一年十一月号）
「梔子」（「小説宝石」二〇二二年三月号）

※本文中に今日の観点からすると不快・不適切とされる用語が用いられています。しかしながら、物語の根幹に関わる設定と、作品中に描かれた時代背景を考慮した上で、これらの表現についてはそのまま使用しました。差別の助長を意図するものではないことを、ご理解ください。

（編集部）

高知東生（たかち・のぼる）

1964年高知県生まれ。1993年芸能界デビューし、俳優として、大河ドラマ『元禄繚乱』、映画『新仁義なき戦い／謀殺』などドラマや映画で活躍。2016年覚醒剤と大麻の所持容疑で逮捕。懲役2年、執行猶予4年の判決。現在は、俳優復帰を果たしたほか、依存症の啓発や人が再起していく様子を描く「リカバリーカルチャー」を広める活動を行っている。著作に『生き直す　私は一人ではない』がある。今作が小説デビュー作となる。

土竜（もぐら）

2023年1月30日　初版1刷発行
2023年3月5日　　　3刷発行

著　者　高知東生（たかちのぼる）
発行者　三宅貴久
発行所　株式会社 光文社
〒112-8011　東京都文京区音羽1-16-6
電話　編 集 部　03-5395-8254
　　　書籍販売部　03-5395-8116
　　　業 務 部　03-5395-8125
URL　光 文 社　https://www.kobunsha.com/

組　版　萩原印刷
印刷所　萩原印刷
製本所　ナショナル製本

落丁・乱丁本は業務部へご連絡くだされば、お取り替えいたします。

ISBN978-4-334-91508-7